사랑받고 존경받아 마땅한

_____ 님께 드립니다.

스님의
사랑 수업

스님의 사랑 수업

초판 1쇄 발행 2017년 11월 8일
    5쇄 발행 2018년 5월 5일

지은이 원빈
펴낸이 박주연

기획·편집 한산
디자인 환희로운무여

펴낸곳 도서출판 이층버스
출판등록 제2013-45호(2014년 3월 3일)
주소 서울 관악구 양녕로 31, 301동 404호

ISBN 979-11-952924-9-3 03810
© 2017 원빈

도서출판 이층버스
나를 찾아 떠나는 행복 여행, 이층버스와 함께 해요.
세상을 따뜻하게 만드는 책을 만들겠습니다.

스님의 사랑 수업

원빈 스님과 함께 하는
사랑과 존중의 일곱 가지 마음 연습

지금 당신의 사랑은
어디로 흐르고 있나요?　원빈 지음

들어가며

우리는 본래 사랑이라는 성분으로 이루어진 존재입니다.
사랑의 빛이 반짝이는 보석으로 태어난 것이죠.
하지만 현실은 삶의 상처들이 만들어낸 두려움과 분노
그리고 절망으로 사랑이 빛을 발하지 못하고 있습니다.
그렇게 우리는 주머니 속 밝게 빛나고 있는
보석의 존재를 잊어버렸습니다.

행복해지고 싶나요?
사랑을 주고 사랑을 받으면 됩니다.
그럼 너와 나 모두 행복해질 수 있어요.
못하겠다고요?
충분히 할 수 있습니다.

당신은 이미 보석을 가지고 있으니 찾기만 하면 되요.

어떻게 찾아야 하느냐고요?

두려움과 분노의 눈가리개를 벗고

사랑의 태도를 연습하면 찾을 수 있습니다.

필요한 준비물은 없냐고요?

사랑을 회복하겠다는 마음의 결심만으로 충분합니다.

혼자서 하기 어렵다고요?

7가지 사랑 연습으로 도와드리겠습니다.

한 걸음 한 걸음, 행복의 길을 함께 걸어 봐요.

스님이 왜 사랑 수업을 하나요?

책 제목을 보고, 책을 펼치며 이런 질문을 떠올렸을 수 있습니다.

'스님이 사랑 수업을?'

아마도 근거는 이러하겠죠.

'스님이 사랑을 알까? 사랑을 해보긴 해봤을까? 결혼도 안 하잖아?'

사랑에 대한 오해는 이 지점에서 시작됩니다. 지금부터 이야기하려는 사랑 수업은 이성에 대한 연애 공략서 같은 것이 아닙니다.

붓다Buddha가 모든 존재에게 차별 없이 자비로웠듯 붓다의 제자들은 자신의 수행력만큼 존재를 사랑하기 위해 연습합니다. 그렇기에 스님은 사랑을 하지 않고 모른다는 것은 편견입니다. 직접 체험만큼은 아니겠지만 간접 체험 역시 매우 생생한 경험입니다.

스님처럼 각양 각색의 인생을 간접 체험할 수 있는 사람도 아마 드물 것입니다. 남녀노소 빈부귀천과 상관없이 수많은 사람의 이야기를 간접적으로 체험하게 되니까요.

바둑을 두는 사람에게는 보이지 않는 길이 옆에서 구경하는 이들의 눈에는 훤히 보입니다. 그것이 무엇이든 내 문제가 되는 순간 눈앞이 깜깜해지고, 내 문제가 아닌 순간 우리는 그것을 객관적으로 바라볼 수 있게 되죠.

많은 사람이 겪는 관계 속의 문제를 간접경험 하며 나름대로 훈수 두던 내용을 기억해보면 결국 그 답은 사랑이었습니다. 대개 상담 속의 질문은 고통에서 벗어나 행복해지는 방법에 대한 내용이었고, 그 길을 찾는 가장 쉬운 방법은 사랑의 회복이었죠.

이 책은 사랑 회복을 위한 7가지 사랑 연습의 실천을 강조합니다. 이 사랑 연습을 실천하는 목적은 사랑의 힘을 회복하여, 관계

를 개선하고, 행복으로 한 발짝 더 나아가는 것이며, 궁극적으로
는 무조건적인 사랑의 상태에 도달하는 것입니다.

　현대인들은 맹목적인 믿음보다는 이해를 통한 확신을 가질 때
그 실천이 시작됩니다. 이 점을 집필하는 동안 항상 되새기며 사
랑에 대한 다양한 정보를 1장, 2장, 3장에서 제공하고 있습니다.
만약 빨리 본론으로 들어가고 싶다면 1장은 필수적으로 살펴보고
4장의 사랑 연습으로 건너뛰어도 좋습니다.

　1장에서는 사랑에 대한 오해, 사랑에 대한 재정의를 살펴보며
전체적인 책의 틀을 잡고 있습니다. 2장에서는 이를 좀 더 구체적
으로 살펴보고, 3장에서는 사랑이 불러오는 행복의 선물들을 살
펴봅니다.

　4장은 이 책의 본문에 해당하는데 7가지 사랑 연습을 소개하고
있습니다. 사랑을 주고받기 어려운 이들에게 무작정 사랑을 강요

하는 것이 아닌 사랑을 베푸는 행위를 7가지로 쪼개서 연습할 수 있도록 구성했습니다.

5장에서는 이러한 사랑 연습이 무르익으면 도달하게 되는 무조건적인 사랑의 상태에 대해 소개하고, 사랑 연습을 실천할 때 주의해야 하는 점들을 되짚었습니다.

사랑은 어떠한 상황에서도 비난하지 않습니다. 이 사랑 연습을 집필하며 사랑하지 못함에 대한 호통보다는 진심 어린 조언 그리고 격려와 응원의 내용을 담기 위해 노력했습니다.

이 책을 펼친 여러분도 스님의 사랑 수업이라는 제목 자체가 주는 낯선 오해는 벗어던지고 내면의 보석인 사랑을 행복하게 가공하는 연습에 몰입해주시기를 부탁드립니다.

그럼 사랑에 대해서 알아볼까요?

⁺ 원빈

목차

×

×

×

×

들어가며

스님이 왜 사랑 수업을 하나요?

1장 사랑이 뭐예요?

2장 사람이 사랑입니다

3장 사랑이 주는 선물

4장 일곱 가지 사랑 연습

마음준비

1장 사랑이 뭐예요?

사랑에 대한 오해

사랑에 대한 가장 흔한 오해는 이성 간의 감정적 사랑만을 사랑으로 착각하는 것입니다. 물론 이성과의 사랑이 사랑의 다양한 모습 중 하나로 가장 매혹적인 것은 사실입니다. 하지만 이성과의 격렬한 사랑 끝에는 이별이 존재하죠.

봄, 여름, 가을, 겨울의 순환이 있듯 다시 새로운 이성과의 사랑이 시작되는 반복 속에서, 사랑이란 달콤함과 쓴맛이 동시에 존재하는 경험임을 인식하게 됩니다. 이렇게 아프고 고통스러움에도 불구하고 분명히 이성 간의 사랑은 매혹적입니다. 스스로의 이성을 마비시키는 그 달콤함은 동물의 본능을 건드릴 뿐 아니라 감성의 꽃이 활짝 필 수 있게 돕는 아름다운 경험이 분명하니까요.

하지만 이성과의 사랑만이 사랑의 전부는 아닙니다. 사랑에 관한 책, 영화 등 대부분이 이성 간의 사랑에 초점을 맞추고 있어 이러한 사랑에 대한 오해가 더욱 증폭되고 있습니다. 독일의 정신분석학자 에리히 프롬Erich Fromm은 사랑에 대한 오해를 이렇게 표현합니다.

"대부분의 사람은 성욕을 사랑의 관념과 결부시키기 때문에, 서로 육체적인 욕정을 갖게 되면 사랑하는 것이라고 착각한다."

그리고 사랑의 정의를 이렇게 내리죠.

"사랑한다는 것은 관심을 갖는 것이며 존중하는 것이다. 사랑한다는 것은 책임감을 느끼는 것이며, 이해하는 것이고, 주는 것이다."

사람의 본질은 사랑이기에 우리에게는 사랑을 주고받는 능력이 선천적으로 충분합니다. 그렇기에 갓 태어난 아기가 처음 보는 낯선 부모를 무조건적으로 사랑하고 의지할 수 있는 것입니다. 거침없이 장난감도 물고 빨며 사랑할 수 있고, 함께 커가는 반려동물도 천진하게 사랑할 수 있는 것입니다.

사랑의 방향은 이성 외에도 가족, 친구, 동물, 지식, 무생물 등 만물로 나아갑니다. 그렇기에 사랑의 빛이 온전히 완성되기 시작하면 그 존재는 사랑 자체가 되어 태양이 태양계를 비추듯 따시고 아름다운 사랑의 빛깔을 방사하는 것이죠.

이성에 대한 사랑이 본격적으로 시작되는 시기는 평균적으로

10대 중후반인데 이때쯤이면 이미 사랑을 주고받음에 대한 상처가 있는 경우가 많습니다. 가족, 친구 간의 사랑으로 상처가 생기고, 상처를 사랑으로 치유하지 못한 상태인 거죠. 이 상처에서 나오는 두려움 그리고 분노, 탐욕이라는 고름들은 우리가 무조건적인 사랑의 능력을 활용하지 못하도록 막습니다. 그렇게 우리의 이성에 대한 사랑은 조건적이고, 불순물이 낀 상태로 시작되는 경우가 많습니다.

사랑은 분명 행복한 경험입니다. 그런데 왜 사랑을 하며 두려움에 전전긍긍할까요? 사랑하는 사람과 다툴까요? 사랑한다면서 도대체 왜 사랑이 고통으로 경험될까요? 그것은 바로 두려움 부류의 감정들이 사랑의 순도를 낮추어 두려움에 가깝게 만들기 때문입니다. 흔히 이런 감정을 애증愛憎이라고 하죠.

사랑에 의한 상처는 오직 사랑으로만 치유된다고 말하면 또다시 많은 사람은 이런 오해를 합니다. '사랑받는 게 얼마나 힘든 일인데… 치유되기는 힘들겠다.' 다시 한번 말하지만 사랑은 이성 간에만 하는 것이 결코 아닙니다. 사랑은 모든 존재와의 관계 속에서 나타나는 자연스러운 현상입니다.

설악산을 사랑하는 사람이 있습니다. 그는 봄, 여름, 가을, 겨울의 설악산을 모두 사랑합니다. 무조건적으로 사랑하는 것이죠. 그래서 설악산을 직접 보거나 생각하는 것만으로도 그는 그저 행복합니다. 설악산이 자신에게 사랑한다고 답해주기를 기다릴 필요가 없습니다. 설악산이 자신에게 상처를 줄까 봐 두렵지도 않습니다. 그냥 무조건적으로 사랑하니까요.

두려움 부류의 감정이 제거된 순도 100%에 가까운 사랑은 그저 행복합니다. 사랑에 의해 고통이 생긴다? 이 얼마나 어처구니없는 말인가요. 우리는 선천적으로 지니고 태어난 순도 100%의 사랑 능력을 회복할 필요가 있습니다. 왜냐면 우리가 이 사랑의 힘을 회복할 때 순도 높은 행복을 경험하게 되니까요.

그럼 이성 간의 사랑은 어떻게 하냐고요? 결혼하려면 이성과 만나 사랑하고 함께 삶을 살아야 하지 않냐고요? 맞습니다. 점점 더 사랑하기 어려운 시대, 결혼하기 낯선 시대가 되어가고 있는 요즘, 많은 이들이 이성 간의 사랑을 연구하고 그곳에 눈길을 주고 있는 것 같습니다.

그런데 조금만 상식적으로 생각해보죠. 사랑의 힘이 부족한 사람이 이성과의 사랑에 뛰어들면 과연 순도 높은 사랑을 경험할 수 있을까요? 사람을 사랑하는 게 먼저일까요, 사람들 중 단 한 사람인 그 이성을 사랑하는 게 먼저일까요?

사람을 사랑하는 힘이 회복되면 자연스럽게 이성과도 사랑을 나눌 힘과 지혜가 생깁니다. 순도 높은 사랑을 경험할 힘이 회복되니 그중 하나의 영역인 이성과의 사랑 역시 질이 높아지고 행복에 가까워질 것이라는 말은 지극히 상식적입니다.

사랑에 관한 오해를 분명하게 인지할 필요가 있습니다. 사랑은

이성과 하는 것이 전부가 아닌 모든 존재에게로 향합니다. 우리
는 모두 본래 사랑으로 이루어진 존재이기 때문입니다.

삶의 상처를 통해 상실했던 빛나는 사랑의 힘을 회복해보세요.
자기 자신에서부터 시작해 눈동자에 비치는 모든 사람, 세상, 우
주, 사랑 그 자체를 사랑해나가는 연습을 해보세요.

사랑이 밥 먹여 주나요?

현대 한국사회는 분명 돈이 근본인 사회입니다. 물론 복잡다단한 삶의 형태가 공존하기에 모든 사람이 자본주의 사상을 가지고 있지는 않죠. 하지만 대다수의 사람은 이 자본주의에 물들어 있고, 그렇기에 현시대를 꿰뚫고 있는 강력한 흐름을 만든 것은 사실입니다.

스님도 돈이 필요하냐는 질문을 자주 받습니다. 어떨 것 같나요? 당연히 돈이 필요합니다. 기본적인 의식주는 물론이고, 전화비, 교통비 등 최소한의 생활비가 들죠. 깊은 산 중턱, 전기도 없는 곳에서 머무는 선배 스님처럼 하루에 한 끼를 먹고 자급자족하면서 살아간다면 조금 달라질 것입니다. 하지만 그럼에도 불구하고 돈은 필요하다는 것이 현실입니다.

지금 이 글을 통해 사랑을 회복해야 한다는 외침이 어쩌면 현실을 고려하지 않은 사랑 타령으로 들릴 수도 있을 것 같습니다. 사랑이 밥 먹여 주는지에 대한 반감이 올라올 수 있겠지요.

그런데 말입니다. 의외로 사랑은 밥을 먹여줍니다. 이성에 대한 애욕에 푹 빠져 있는 상태는 밥 굶기 딱 좋겠지만, 사랑 그 자체의 빛이 반짝여 수많은 존재를 사랑할 수 있는 상태에서는 밥을 굶지 않습니다.

간단히 생각해볼까요? 사람들은 밥을 먹으려면 돈이 필요하다고 생각합니다. 당연하죠. 하지만 필요한 돈을 버는 과정을 보면 돈이 아닌 사람이 중요하다는 것을 알게 됩니다. 사람을 벌어야 돈을 벌 수 있는 것이죠. 그렇다면 사람의 신뢰를 벌 수 있는 방법은 무엇일까요? 사랑을 주고받는 것입니다.

노자老子는 〈도덕경道德經〉을 통해 사랑의 힘을 이렇게 표현합니다.

"사람을 다스리고 하늘을 섬기는 것으로는 아끼는 일만 함이 없다. 오직 아끼기 때문에 일찌감치 도를 따를 수 있으니, 일찌감치 따르는 것이란 덕을 두텁게 쌓음을 말하는 것이다. 덕을 두텁게 쌓으면 이기지 못하는 것이 없고, 이기지 못함이 없으면 그 궁극을 알지 못함이 없다."

아끼고 존경하는 경애의 마음이 사람을 얻도록 하며, 덕을 두텁게 하고, 종국에는 이기지 못할 것이 없게 하여 궁극에 이르도록 한다는 것입니다. 이 모든 씨앗은 바로 사랑을 베푸는 것이죠.

서로 간의 사랑이 빛날 때 사람의 마음은 열리고 신뢰가 생겨납니다. 이제 이 사랑을 통해 사람과의 관계를 능숙하게 이끄는 힘은 자본주의 사회가 주목하기 시작하는 최고의 능력으로 자리잡고 있습니다.

사랑이 밥을 못 먹여 줄까요? 절대 아닙니다. 본래 지니고 태어난 사랑의 힘을 회복할 때 우리는 의식주를 해결하는 외적인 문제는 물론이고, 행복한 삶을 경험하는 내적인 문제도 동시에 해결할 수 있습니다. 모두 사랑이 가져다주는 선물이니까요.

사랑의 재정의가 필요해

사람은 사랑이라는 원석으로 이루어져 있는 존재입니다. 사람과 사랑이라는 단어가 닮아 있는 것은 필시 우연이 아니겠지요.

사랑이라는 단어의 어원을 사량思量에서 찾는 것이 학계의 유력한 가설 중 하나이더군요. 매우 의미심장합니다. 사량이라는 단어를 잘 뜯어보면 사思는 생각하는 것이고, 량量은 헤아리는 것입니다.

인간의 경험이 일어나는 순간의 메커니즘을 살펴보면, 먼저 당신의 눈이 이 글에 주의력을 둡니다. 그럼 글이 마음에 받아들여지고, 마음은 아주 짧은 찰나의 시간 동안 대상인 글자에 대해 과거의 경험을 토대로 식별합니다. 그리고 그 의미를 조합해 인지한 후 좋고 싫음 등의 의도가 생겨나죠. 복잡한 과정을 간단하게 말하면 감각 대상을 헤아려서 생각해보는 사량입니다.

마음에 두고 있는 대상을 우리는 사랑합니다. 그리고 이것이 사랑하는 모습이라는 것이 사량 어원 가설의 의미입니다. 사랑이라는 사람의 본질이 현상으로 나타날 때 사량 즉, 그 사람을 마음에 품게 된다는 것이죠.

현실감 있는 CG로 전 세계적인 흥행 돌풍을 일으켰던 영화 〈아바타Avatar〉에서 판도라 행성의 나비 족은 사랑한다는 표현을 이렇게 합니다.

"I SEE YOU"

바라본다는 것은 주의력을 주는 것입니다. 인간은 오직 주의력을 두고 있는 대상만을 경험할 수 있는데, 시선을 둔다는 것은 그 대상을 경험하고 있다는 것입니다. 그렇다면 어떻게 경험할까요? 사랑하는 그 대상을 마음속에 오랜 시간 품고서 끊임없이 경험하는 것입니다. 그렇기에 '본다'는 의미는 눈의 시선을 포함한 마음의 시선을 상대에게 두는 것을 의미한다고 볼 수 있습니다.

아바타 속에서 사랑한다는 표현은 자기중심적인 욕망적 사랑, 조건부 거래에 가까운 사랑이 판치는 현대사회에서 큰 파장을 불러일으켰습니다. 아마도 나를 사랑해달라고, 나를 좀 바라봐달라고 떼쓰는 것이 아닌 상대를 바라봐주고 사랑해주는 것으로의 건강한 전환을 원하는 사회적 흐름이 아니었을까요?

동양사상에는 존재를 체상용^{體相用} 삼대^{三大}로 정의하는 철학이 있습니다. 예를 들어 나무 의자의 체는 나무라는 본체입니다. 이 나무는 의자라는 모습으로 상을 가지게 되죠. 그리고 그 쓰임인 용은 땔감이나 무기가 아닌 앉는 것입니다.

이 삼대의 틀을 통해 사랑을 재정의 해보겠습니다. 앞서 언급한 바와 같이 사랑의 체^體는 사람의 본질입니다. 사람을 이루는 원료가 바로 사랑이라는 것이죠. 사랑의 상^相, 즉 모습은 사랑입니다. 대상을 마음에 두고 있다는 것은 그 대상을 사랑한다는 뜻이죠.

그렇다면 사랑의 용^用, 즉 쓰임은 무엇일까요? 사람은 사랑하는 것을 대할 때 존경하고 아끼는 말과 행동을 하게 됩니다. 이럴 때 관계 속에서의 사랑은 빛을 발하기 시작하는데, 이러한 경애敬愛의 태도가 바로 사랑의 용입니다.

서양철학의 다양한 주제 중 존재론, 인식론, 관계론의 관점에서 사랑을 다시 재정의 해보죠. 사랑의 존재론적인 정의는 사람의 본질로써 체와 통합니다. 사랑의 인식론적인 정의는 마음에 품는 사량으로써 상과 통합니다. 사랑의 관계론적인 정의는 상대방을 대하는 경애의 태도로 용과 통합니다.

요즘 데이트 폭력이 사회적으로 큰 문제가 되고 있습니다. 이 현상은 자체로도 심각한 문제이지만 이면에 숨겨진 의미는 더욱 씁쓸합니다. 데이트를 한다는 것은 서로 사랑하는 관계라는 뜻입니다. 이런 이들을 우리는 애인이라고 부르죠. 그런데 그렇게 사랑하는 이성을 향해 폭력을 행사한다는 것은 애인을 존경하고 아끼지 않는다는 것입니다.

오히려 반대로 자신의 이기심을 존경하고 아끼기 때문에 애인이 자신의 뜻을 따라주지 않으면 애인을 천대하고 욕하고 때리는 것이겠죠. 독일의 철학자 요한 고틀리프 피히테Johann Gottlieb Fichte는 사랑과 존중의 관계를 이렇게 표현합니다.

"존중이 없으면 참된 사랑은 절대 성립하지 않는다."

폭력이 섞인 사랑? 그것은 사랑이 아닙니다. 그저 자신의 욕망만 존중하고 있는 이기적인 탐욕을 부리고 있을 뿐입니다. 그리고 이러한 변질된 사랑은 결코 오래갈 수 없어요.

이러한 데이트 폭력은 가정 폭력이라는 씨앗의 열매로 생기는 경우가 많습니다. 가정에서 주먹을 휘두르는 가장에게 물어보면 대개는 후회의 눈물을 흘리면서 이렇게 말합니다.

"저도 모르게 한 거예요. 저는 가족을 누구보다 사랑합니다."

상대방을 존경하고 아끼지 않는다면 그것은 사랑이 아닙니다. 아무리 좋은 말로 포장해도 그 실체는 그냥 폭력인 것이죠. 20대 초반 병사들과 공부할 때 항상 알려주던 문장이 있습니다.

"성숙하지 못한 사랑은 폭력입니다."

그들은 언젠가 누군가의 애인이 될 것이고, 한 가정의 가장이 될 것이기에 이 문장을 힘주어 강조합니다. 그리곤 이렇게 말하죠.

"성숙한 사랑의 힘을 회복하기 위해 경애의 태도를 반드시 치열하게 배우기를 바랍니다."

사람의 본질은 사랑입니다. 자주 사랑하는 그 대상을 우리는 사랑하고 있는 것이죠. 이 사랑이라는 원석을 우리는 잘 가공해야 합니다. 그래야만 관계 속에서 순수한 경애의 모습으로 사랑이라는 보석이 빛날 수 있기 때문입니다.

사람은 무엇이든 사랑할 수 있습니다. 그리고 그 선택은 온전히 자신의 몫입니다. 이 자유를 통해 사람들은 두려움을 사랑하기도 하고, 분노를 사랑하기도 합니다. 누군가는 악행을 사랑해 범죄자가 되기도 하고, 반대로 누군가는 선을 사랑해 세상을 밝게 만드는 성인이 되기도 합니다.

사랑한다는 것은 말이 아닙니다. 사랑은 마음에 품는다는 것이고, 마음에 품는 사량은 경험의 질을 결정합니다. 무엇을 사랑할 것인가에 따라 인생의 행불행이 결정된다는 거예요.

이 우주는 사랑하는 것을 경험할 수 있도록 무조건 도와줍니다. 100% 온전히 소원을 들어주는 것이죠. 다만 그 소원을 접수하는 방법이 인간의 관점과는 확연히 다릅니다. 이 우주의 입장에서는 사랑하는 것, 즉 마음에 오랫동안 품고 있는 그것이 바로 소원이에요. 그렇기에 일체유심조一切唯心造, 마음에 오랫동안 강렬하게 품는 것은 반드시 현실이 됩니다. 사랑하는 것이 현실이 된다는 것, 참 흥미롭지 않나요?

사랑을 믿어보세요

사람의 본질이 사랑임을 믿어보세요. 갓난아기가 세상에 태어나 배우지 않아도 엄마의 품에 쏙 파고드는 사랑스러운 모습을 상상하며, 사랑하고 사랑받는 것이 사람의 본질임을 한번 믿어보세요.

빅토르 위고Victor Hugo는 사랑과 행복의 관계에 대해 이렇게 말합니다.

"인생에 있어서 최고의 행복은 우리가 사랑받고 있음을 확신하는 것이다."

사람이 행복감을 누리기 위해 가장 필요한 것은 사랑이죠. 얼마나 사랑하고 사랑받는지에 따라 행복지수가 크게 달라집니다. 나이가 들수록 행복지수가 낮아지는 것은 사랑받지 못함으로 인해 생긴 삶의 상처가 사랑의 빛을 점점 가로막기 때문이에요.

갓 태어났을 땐 존재만으로도 사랑받을 수 있었던 우리는 나이를 먹을수록 조건부 사랑을 받기 시작합니다. 예뻐야지, 공부를 잘해야지, 말을 잘 들어야지, 돈을 잘 벌어야지 사랑을 받습니다. 더 이상 사랑은 당연한 것이 아니게 된 것이죠.

조건부 사랑의 세상에서 누군가는 사랑을 충분히 받겠지만 누군가는 사랑의 경험에 실패해 상처가 생기기 시작합니다. 이 상처는 다시 사랑이라는 연고를 발라주면 잘 아물겠지만 그렇지 못할 때 덧나고 고름이 나다 썩게 되죠. 몸의 상처와 달리 이 감정의 상처는 수술로 도려내지도 못하니 치유될 때까지 평생을 안고 살아가는 경우도 참 많습니다.

사랑을 받지 못해 생긴 상처는 일단 분노의 감정을 만듭니다. 당연하게 사랑을 주던 부모님이 공부를 못했다며 실망의 눈빛을 보내면 화가 나죠. 다시 열심히 공부해봅니다. 성적이 잘 나와서 조건부 사랑을 받을 수도 있지만 그렇지 못한 경우에는 자책을 하며 더욱 화가 나죠. 그러다가 점점 두려워집니다. 공부 못하는 자신이 사랑받지 못할까 봐요.

두려움의 고름은 분노를 더욱 부추기기도 합니다. 당연히 나를 사랑해줘야 할 부모님이 공부 못하는 자신을 사랑해주지 않음에 대해 원망을 품습니다. 그렇게 부모님이 싫어지기 시작합니다. 나를 사랑해주지 않는 부모님을 사랑하지 못하는 것은 자신 또한 조건부 사랑을 배웠기 때문이에요. 나를 사랑해주는 사람만 사랑할 거라는 다짐과 함께 사랑은 거래가 되는 것이죠.

이러한 부정적인 감정들은 스스로가 만든 자화상自畫像을 깎아내리고, 사랑하고 사랑받는 것을 어려운 일로 만들기 시작합니다. 하지만 역설적으로 이 모든 감정은 오직 사랑으로 치유할 수 있습니다.

〈사랑 수업〉의 저자 제럴드 G. 잼폴스키Gerald G. Jampolsky는 사랑은 감정이 아닌 하나의 태도임을 강조합니다. 또한 사랑은 두려움이 없는 상태라고 단언하죠. 이 책의 원제목인 〈Love is letting go of fear〉는 저자의 사랑에 대한 정의를 명확히 보여줍니다.

두려움에 빠진 사람은 마음을 보호하기 위해 다시는 사랑을 기대하지 않으려고 노력합니다. 하지만 사람의 본질은 사랑이기에 사람을 만나면 사랑을 주고받고 싶은 무의식적인 욕구가 저절로 일어납니다.

사랑에 실패하는 것이 두려운 사람은 이를 억제해서 마음의 문을 닫고, 소극적이고 방어적으로 변하죠. 스스로 철옹성에 가두었기에 마음이 안정된 것 같습니다. 하지만 아무리 철옹성을 행복해 보이는 척, 괜찮은 척 꾸미고 꾸며도 결론은 항상 외롭습니다. 외로움을 느끼지 않기 위해 마음을 더욱 마비시켜보지만 더더욱 외롭습니다. 그렇게 사랑이 고프기만 하죠.

사랑은 혼자서 하는 것이 아닙니다. 사람의 본질인 사랑은 주고받는 관계 속에서 빛납니다. 사랑을 잘 나누기 위해서는 마음을 열어야 합니다. 그러려면 두려움을 극복해야 하죠. 또한 사랑의 상처를 통한 분노를 해결해야 합니다. 부정적인 감정들을 뛰어넘어야 해요.

강의에 부부가 함께 참석하는 경우, 이런 질문을 자주 합니다.

"당신의 남편 또는 아내는 사랑받아 마땅한 사람입니까?"

처음에는 대부분의 사람이 대답을 망설입니다. 부부가 오랫동안 함께 살아오면서 쌓아온 감정의 상처들 때문에 대답이 어려운 것이죠. 하지만 시간을 두고 반복해서 물어보면 결국 두려움과 분노를 극복하고 용기 내어 긍정적인 대답을 합니다. 그럼 뒤이어 이 말을 따라 하게 해요.

"제 남편 또는 아내는 사랑받아 마땅한 사람입니다. 사랑합니다."

특히 남편들이 이 말 따라 하기를 참 어려워하는데요. 그럼에도 말을 하고 나면 흥미로운 현상이 관찰됩니다.

이 말을 하지 못했을 때의 얼굴이 어두움이었다면 말을 따라 할 때의 얼굴은 밝음 그 자체가 됩니다. 사람의 본질인 사랑이 빛을 발하는 것이죠. 그리고 이 빛은 배우자의 상처를 치유하여 오랜 세월 쌓인 감정의 찌꺼기를 눈물로 세상에 배출하게끔 만들어요. 또한, 이 모습을 함께 바라보고 있는 이들의 마음속 사랑의 빛도 공명하게 만듭니다. 그렇게 대중의 마음은 함께 밝아지고 행복해집니다.

사랑을 주고받는 것은 우리 모두의 타고난 능력입니다. 모르는 것을 새롭게 배울 필요가 없습니다. 그저 상처로 인해 생긴 부정적 감정들의 저항을 이겨내기만 하면 됩니다. 그렇게 사랑의 빛이 삶을 밝히는 것을 허락하면 이 빛은 점점 강렬해져 모든 상처를 아물게 합니다.

사랑하는 힘이 더 커지면 사랑은 하나의 태도가 되고, 결국 만나는 모든 이를 조건 없이 사랑할 수 있는 무조건적인 사랑이 나타나기 시작하죠. 무조건적인 사랑의 힘을 갖춘 사람은 언제 어디서든 만나는 모든 사람의 마음에 행복의 꽃을 피워냅니다. 이미 그의 삶은 사랑으로 가득하기에 발걸음이 닿는 곳은 행복의 길이 되는 것이죠.

붓다, 예수, 공자 등 세상의 모든 성인은 사랑의 빛을 온전히 방사하는 존재입니다. 사랑 자체인 이러한 존재를 어떻게 존경하고 사랑하지 않을 수 있을까요?

사랑하기 어려운 시대, 세대

모든 사람의 본질은 사랑입니다. 이 본질의 힘으로 무엇인가를 알 수 있고, 무엇인가를 바라볼 수 있으며, 무엇인가를 좋아할 수 있습니다. 누군가 분노에 빠져 있다면 그는 사랑이 부족한 게 아니라 분노를 좋아하고 있는 것입니다. 좋아한다는 것은 자주 바라보고, 자주 그것과 함께 있는 것이기 때문이죠.

인간 삶의 과정은 결국 관계 속에서 사랑의 빛을 발휘하기 위한 여정입니다. 가족의 사랑을 온통 받으며 어머니의 척수를 이어받아 태어난 인간은 끝없이 사랑의 빛을 먹고 자라납니다. 몸에 충분히 근육이 생기면 직립보행을 하듯, 사랑을 충분히 먹으면 정신도 직립보행을 할 수 있게 됩니다. 몸과 마음이 모두 직립보행을 하는 사람이 바로 성인成人이죠.

성인이라는 단어는 그저 인간이 이루어졌다는 뜻입니다. 이제 사람이 됐다는 말이에요. 성인이 되기 전에는 아직 반쪽짜리 인간 즉, 몸만 자란 존재입니다. 마음이 사랑의 빛을 충분히 발하기 시작하는 그때 우리는 반쪽짜리를 넘어선 온전한 인간이 되는 것입니다.

부모에게는 아이가 성인으로 자라도록 도울 의무가 있습니다. 자신의 삶을 투자해 자녀의 의식주를 책임지며 몸이 건강하게 자랄 수 있도록 돕고, 무조건적인 사랑으로 자녀를 보살펴 그들의 마음이 자라날 수 있도록 도와야 하죠. 그렇게 될 때 자녀들은 자신의 하늘을 당당히 떠받치고 살아갈 힘을 지닌 온전한 성인이 될 수 있습니다.

잘 자란 자녀들이 성인이 되어 그 자녀를 양육하고, 다시 그 자녀가 그들의 자녀를 양육하고…. 이러한 선순환이 인간이라는 종을 유지하고 발전하게 하는 원동력이 됩니다. 이러한 선순환이 무너지고 있는 요즘, 어른아이 현상과 출산인구감소 현상은 참 걱정스럽습니다.

어른아이라는 말은 역설적인 두 단어가 함께 붙어 있어 어색합니다. 이 어색한 단어는 몸은 이미 충분히 자라나 어른이지만 내면에 어린아이가 함께 공존하는 현대인들의 자화상을 보여주고 있습니다. 많은 현대인이 애정결핍 현상을 보이는 것과 떨어질 수 없는 양면이죠.

사랑의 빛을 충분히 먹고 자라지 못하면 아무리 세월이 흘러도 마음은 어른이 될 수 없습니다. 하지만 몸은 영양분만 충분히 섭취하면 세월의 속도에 맞춰 어른이 되죠. 몸과 마음의 성장 속도가 가져오는 괴리감이 바로 어른아이를 만듭니다.

어른아이는 절망스러운 상황이 온 순간, 즉 하늘이 무너지는 것 같은 그 순간에 악착같이 이를 악물고 발버둥 치며 땅을 딛고 일어나 하늘을 떠받쳐 올릴 힘이 부족합니다. 육체의 힘은 커졌지만 사랑의 빛을 충분히 먹지 못한 마음은 영양실조이기 때문에 힘이 없어요. 어른아이들은 어려움에 맞부딪칠 때 진짜 어른들에 비해 쉽게 포기하고, 절망해서 이렇게 말합니다. '아무것도 하기 싫어. 그냥 죽고 싶다.' 그리고 이런 모습은 책임감이 부족하게 비치기도 하죠.

다시 말하지만 부모는 자녀를 책임지고 어른으로 길러야 합니다. 그것이 인간이라는 종이 가지고 있는 DNA 속 생존전략이죠. 부모가 된 어른아이들이 과연 이 책임을 지고 싶어 할까요? 여기에 더해 현시대를 살아가는 청년들이 가지고 있는 일자리 부족 문제는 어른아이 현상을 더 부추깁니다.

한국은 혼자서 숨만 쉬고 살아가는데도 돈이 필요한 사회입니다. 어른이 되어 결혼한다고 행복하게 살 수 있는 그런 사회가 아니에요. 결혼하는 순간 부부 각자는 자신만의 즐거움을 포기하고 서로에게 헌신하며 의무적으로 경제활동에 목을 매야 합니다. 이것만 봐도 어른아이들은 질색할만한 조건입니다. 여기에 더해 아이를 낳고 책임을 진다? 아마도 실업 상황에 있거나 언제든 실업의 상황을 겪을 수밖에 없는 현재의 청년들에게는 불가능한 선택일 것입니다.

어른아이가 많아짐과 더불어 자녀를 출산해야 하는 세대들의 어려움이 맞물리니 2017년 출생인구는 1990년에 비해 절반으로 줄어든 35만 명이 되었습니다. 인구 학자들은 2036년에 출생인구 35만 시대가 도래할 것으로 예상했지만 19년이나 세월이 당겨진 셈이죠. 즉, 전문가들의 예상보다 훨씬 더 빨리 출생인구가 줄어들고 있는 상황입니다.

인간의 삶에서 가장 사랑의 빛이 멋지게 발휘되는 시기는 바로 부모가 되었을 때입니다. 특히 어머니라는 존재는 아이를 몸 안에서 기르고, 그 아이가 태어날 때부터 어른이 될 때까지 본능에 새겨진 무조건적인 사랑의 빛으로 자녀를 보호하며 기르죠.

이것은 단순한 자녀 양육에 대한 이야기가 아니라 인간이 가진 무조건적인 사랑의 선천적 능력을 가장 멋지게 드러낼 수 있는 최고의 시기에 대한 이야기입니다. 특별한 연습과 수행을 통한다면 언제든지 사랑을 빛낼 수 있겠지만 평범하게 살아가는 이들에게 있어서는 부모가 되는 것만큼 완벽한 사랑 연습의 기회는 드물어요.

철없던 아들이 아버지가 되는 순간, 철없던 딸이 어머니가 되는 순간 자녀를 위해 자신을 스스로 희생할 줄 아는 어른이 되고, 무조건적인 사랑을 내뿜기 시작합니다. 하지만 이제는 사회 흐름 자체가 한국사회의 아들과 딸들에게 이 무조건적인 사랑의 빛을 연습해 사랑의 힘을 회복할 기회를 앗아가고 있습니다.

이것은 정말 심각한 사회문제입니다. 자랄 때 충분히 사랑받지 못해 어른아이가 된 세대에게 부모가 되어 무조건적인 사랑의 연습을 할 수 있는 절호의 기회까지 박탈한 것이죠. 이제 가만히 있어서는 사랑의 힘을 회복하기가 정말 어려워졌습니다.

사랑하기 어려운 세대들이 진짜 어른이 되기 위해서는 무엇이 필요할까요? 이제는 자연스럽게 사랑의 고향으로 돌아가는 길들이 막혀버리고 있기 때문에 약간은 인위적인 노력이 필요합니다.

　온전한 성인이 될 때 우리는 본질인 사랑의 빛을 활용해 행복한 삶을 누릴 수 있습니다. 행복해지기를 원하는 그만큼 더욱 적극적으로 사람과의 관계 속에서 사랑의 빛을 내뿜는 연습을 해야 합니다. 그 연습의 핵심은 존경과 아끼는 태도입니다. 언제까지고 사랑에 목말라하는 아이처럼 이 사람 저 사람에게 기웃거리며 상처받고 절망할 수는 없잖아요.

　사랑이 부족한 아이는 사랑을 달라고 떼씁니다. 성인은 내면의 사랑이 충분하기에 사랑을 달라고 하기보다는 사랑을 베풀죠. 사랑을 주고받는 관계는 이러한 사랑의 수위 차이로 결정됩니다.

　그렇게 사랑을 주는 어른과 받는 아이 모두 사랑 속에 있게 되고, 사랑 속에서 사랑의 본질을 느끼는 이들은 기쁨과 행복감을 맛보게 됩니다. 경애의 태도를 베풀며 성인이 되어가는 연습을 하고 싶은 마음이 충분히 준비되셨나요?

어디로 몰고 갈 것인가, 사랑? 두려움?

사람은 무엇이든 사랑할 수 있습니다. 사랑한다는 것이 바로 사랑이기 때문이죠. 인간의 마음에 품을 수 없는 것은 아무것도 없듯, 사람에게 주어진 대자유는 바로 이 사랑의 대자유입니다.

인간이라는 존재는 의식의 낮은 영역인 수치심에서부터 의식의 높은 영역인 지고한 깨달음까지의 가능성을 모두 품고 있습니다. 무엇이든 사랑할 수 있는 자유로움으로 어떤 의식이든 선택해 변화할 수 있는 것이죠.

중국의 천태지의天台智顗 스님은 인간의 가능성을 십법계十法界로 표현했습니다. 지옥, 아귀, 축생, 아수라, 인간, 천상, 성문, 연각, 보살, 불佛의 10가지 존재가 될 가능성을 지금 이 순간 우리 모두 지니고 있다고 했어요.

우리의 인생은 사랑의 자동차를 운전해 나아가는 여행과도 같습니다. 운전대를 잡고 있는 개개인은 그저 방향을 선택하기만 하면 됩니다. 마음에 무엇을 품을 것인가, 무엇을 사랑할 것인가. 살인을 사랑했던 살인자도 운전대를 틀면 성인의 길로 나아갈 수 있습니다. 이제부터 성인의 길을 사랑하면 되니까요.

붓다의 제자인 앙굴리마라Angulimala는 99명을 죽인 연쇄살인범이지만 붓다를 만나 회심한 후 수행을 통해 온전한 깨달음을 얻습니다. 그는 자신의 살인업에 대한 과보를 피하지 않고, 피해자

가족들에게 돌을 맞아 죽임을 당했습니다. 앙굴리마라는 죽음의 과정을 묵묵히 평화롭게 받아들이며, 깨달은 자의 고귀한 모습을 죽는 순간까지 보여줍니다. 이런 극적인 변화는 사랑의 운전대를 올바로 틀면 누구나 가능합니다.

범죄자의 극단적 행위가 인간의 끔찍한 부정성을 보여줌에도 불구하고 인간이 만물의 영장이라고 불리는 최소한의 자격은, 바로 이 사랑으로 삶을 선택할 수 있는 자유에 있습니다.

축하합니다! 이제 우리는 사랑 자동차를 어떤 방향으로 운전해 나아갈지 선택할 수 있는 자유가 더 커졌습니다. 이러한 사실을 모르던 예전에도 당연히 선택하며 살았겠지만, 자유를 자각한 이 순간 기회의 증폭이 이루어진 셈이죠.

사과 씨앗을 심으면 사과가 열리고, 배 씨앗을 심으면 배가 열리듯 인과因果의 동질성은 명확합니다. 만약 수치심의 방향으로 운전해 나간다면 그 결과는 수치스러운 경험일 것이고, 존경의 방향을 선택해 운전해 나간다면 당연히 존경의 열매를 경험하겠지요.

사랑을 주고받는 것이 불가능하다고 여겨서 사람과의 관계를 두려워한다면 그에게 주어지는 경험은 아마 지독한 외로움일 텐데, 설마 이걸 바라는 건 아니겠죠? 용기 내서 두려움을 극복하기로 선택하고, 사랑을 주고받는 방향으로 나아갈 때 사랑으로 인한 행복감을 경험할 수 있습니다.

존재는 누구나 고통에서 벗어나 행복해지기를 원합니다. 이고 득락離苦得樂을 위한 가장 빠른 지름길은 바로 사랑의 태도를 쓸 줄 아는 것입니다. 태어나면서 본래 주어져 있는 이 사랑의 원석을 행복에 어울리는 경애의 보석으로 가공하는 것이죠. 그 방법을 배우는 것입니다.

사랑하기 어려운 시대이고, 사랑하기 어려운 세대인 것은 분명히 공감합니다. 하지만 이 어려운 것을 해내는 것이 역설적으로 행복해지는 가장 쉬운 방법입니다. 그저 사랑을 선택하는 방법을 배우는 것이죠.

여기서 잠시 짚고 넘어가야 할 바가 있습니다. 사람의 본성이 사랑이라는 원석이라면 본성인 사랑과 감정인 사랑은 같은 것일까요, 다른 것일까요?

이 둘은 원석과 가공된 보석의 차이가 있습니다. 원석으로써의 사랑은 인간의 본질이자 사량입니다. 즉, 마음에 무엇인가를 품는 것이죠. 흔히 사람들은 이것이 사랑임을 알지 못합니다. 하지만 이 우주는, 붓다는, 하나님은 이것이 사랑임을 분명히 압니다.

사람들은 왜 이것이 사랑임을 모를까요? 예를 들어 분노를 사랑하는 사람이 있다고 해보죠. 요즘 많이 언급되는 분노조절 장애를 가진 사람은 분노를 사랑하고 있는 것입니다. 하루 24시간 중 많은 시간을 투자해서 분노를 소중히 품고 있죠. 이것은 분노를 존경하고, 분노를 아끼는 행위입니다. 그렇기에 이 우주는 그가 사랑하는 분노가 더욱 많이 일어날 수 있는 상황을 선물해줍니다. 왜냐고요? 사랑하는 것을 주는 것이 이 우주의 법칙이니까요. 사랑의 감정은 분노와는 명백히 다릅니다. 사랑으로써의 사랑을 가공하는 방향성은 가지각색이고, 그 방향에 따른 삶의 경험도 천차만별입니다. 분노라는 감정을 사랑하는 이와 사랑이라는 감정을 사랑하는 이의 삶의 경험은 하늘과 땅 차이로 커질 테니까요.

자신의 주의력을 어디에 초점 맞출 것인가? 마음에 무엇을 품고 사랑할 것인가? 이것이 삶의 경험을 결정하는 거의 모든 것이라고 말해도 과장이 아닙니다. 우리는 오직 주의력을 기울여 사랑하는 그것만을 경험하기 때문입니다.

지금 케냐의 나이로비에서 일어나는 일을 우리는 왜 경험하지 못할까요? 멀어서가 아닙니다. 주의력을 기울이지 않기 때문이고, 사랑하지 않기 때문입니다. 사랑하는 순간 나이로비에서 일어나는 일들을 얼마든지 알 수 있는 세상이 이미 되었습니다. 아무리 멀리 있어도 사랑하면 그것은 내 삶으로 들어오고, 바로 내 앞에 있어도 사랑하지 않으면 그곳은 내 삶에서 없는 곳이 됩니다.

사랑이라는 원석을 가공한다는 것은 이렇듯 마음에 무엇을 품을지 결정하는 행위입니다. 이것은 단발성으로 끝나는 것이 아니라 매 순간 자신의 주의력을 어디에 둘지를 결정하는 자발성으로 끝없이 이어나가는 가공입니다. 두려움 부류의 감정을 사랑하는 순간 우리 삶의 경험은 두려움으로 가공됩니다. 원석의 반짝임이 사라진 칠흑같이 어두운 지옥 같은 삶이 될 수도 있어요. 반대로 사랑 부류의 감정을 사랑하는 순간 우리는 그토록 원하는 이고득락에 가까워집니다.

사랑하는 친구들과 함께 있을 때 아주 작은 일에도 깔깔깔 기뻐할 수 있었던 그 힘이 바로 가공된 보석으로써의 사랑입니다. 일에 치여 지쳤을 때 어머니가 끓여주시는 된장찌개만으로도 위로받는 그 마음이 사랑에 초점을 맞춘 것입니다.

행복하고 싶나요? 그렇다면 사랑의 방향을 선택하면 됩니다. 다시는 과거의 경험에 속아 두려움 부류의 감정에 초점을 맞추지 마세요. 그 고통스러운 경험은 그만 사랑하세요. 사랑의 힘이 죽어버리게 되잖아요. 이제는 사랑 부류의 긍정적인 감정들에 초점을 맞추고 마음에 품기를 선택해보세요. 사랑의 빛이 점점 더 회복될 것이고, 그 사랑의 힘이 우리의 삶을 행복하게 장엄할 것입니다.

사랑의 회복이 절실한 시기입니다. 그리고 그 회복 방법은 우리가 본래 가진 사랑의 원석을 두려움 부류의 가공이 아닌 사랑 부류의 감정으로 가공하여 어둡고 꺼끌꺼끌한 보석이 아닌 반짝반짝 아름다운 보석으로 만들어내는 거라는 것 꼭 기억하세요. 사랑하는 그것이 바로 내 삶이 된답니다.

2장 사람이 사랑입니다

사랑으로 이루어진 우리

사람은 사랑의 원석으로 이루어져 있습니다. 모든 존재 역시 사랑의 원석으로 이루어져 있습니다. 모두가 공유하고 있는 사랑의 원석은 얼마나 클까요? 그 크기는 무한합니다. 하지만 우리는 사랑 빙산의 일부분만 사랑이라고 생각합니다.

인간은 항상 진리를 찾고 싶어 했습니다. 그 와중에 진리의 파편에 대한 다양한 언어가 생겨났고, 다양한 언어는 쓸데없는 싸움을 만들어냈죠. 이제 언어의 정리가 필요한 때입니다.

아버지라는 대상을 부르는 각 나라의 언어는 명백하게 다릅니다. 누구는 아버지, 아빠라고 부르며 누구는 파더Father라 부르고, 누구는 오토상おとうさん이라고 부릅니다. 서로 잘 모를 때 오토상이 아버지라는 것을 상상이나 할 수 있을까요?

언어는 달을 가리키는 손가락입니다. 손가락이 중요한 것이 아니라 언어를 통해 달을 보는 것이 중요하지요. 하지만 진리는 언어를 넘어서 있습니다. 언어가 가진 한계는 분명하고, 진리는 그 한계 속에 가둘 수 있는 존재가 아니기 때문입니다.

인간은 언어를 사용하기 시작한 이후 언어에 속박되었고, 언어를 통해 진리를 표현하고 싶었습니다. 그래서 오랜 세월 각각의 언어권에서는 진리를 초고도화된 언어체계로 표현하기를 욕망했어요. 그것이 철학으로, 종교로, 다양한 학문으로, 최근에는 신과학의 언어로 표현되고 있는 것입니다.

서로 모를 때는 별로 문제가 되지 않았습니다. 하지만 교류가 시작되면서 갈등이 생겼죠. 진리를 가리키는 자신의 손가락이 더 우월하고 다른 손가락은 하열하다는 자만심이 인간의 마음에 가득했기 때문입니다. 진리의 손가락을 연구하는 것만으로는 안타깝게도 자만심을 다스리지 못했을 테니까요.

사실상 도가 높은 종교지도자들은 공통으로 이렇게 말합니다.

"지극히 높은 곳에서는 아무런 갈등이 없습니다."

하나의 손가락을 통해 달을 본 사람은 다른 모든 손가락이 결국 공통으로 보여주게 될 낙처落處인 진리를 체득하게 됩니다. 아무리 다양한 강줄기도 그 끝은 큰 바다로 향하게 되어 있는 법이기에, 이 바닷물을 맛본 이들은 서로 이해할 수 있는 진리의 광대함을 공유하게 되는 것이죠.

진리와 평화를 추구한다는 이들에게 갈등이 존재한다면 이것은 모순입니다. 하지만 이 모순은 진리에서 생겨나는 것이 아니라 손가락을 만든 사람들의 번뇌에서 생긴 것입니다. 사람이 문제지 진리의 문제가 아닌 거예요.

요즘은 특히 수많은 인간학문의 영역이 중첩되고 있습니다. 그리고 각 학문 영역에서 이 진리의 영역에 조금씩 다다르고 있는 모습을 목격할 수 있어요. 이럴 때 언어의 재정리가 없다면 갈등은 더욱 증폭될 수 있습니다.

분명한 사실은 모든 존재가 공유하고 있는 진리가 분명히 있다는 점입니다. 그것에 대한 새로운 단어를 만들어 낸다면 혼란을 더욱 부추기는 꼴이 될 수 있겠죠. 그렇기에 이 갈등을 제어하기 위해서는 이미 활용되는 진리의 언어 중 누구나 공감할 수 있는 보편적인 하나의 단어를 선택할 필요가 있습니다.

세계적인 종교 지도자 달라이 라마Dalai Lama는 공식 석상에서 자주 이런 말을 했습니다.

"내 종교는 불교가 아닙니다."

매우 충격적인 말입니다. 티베트 불교의 주인 역할을 하는 달라이 라마의 종교가 불교가 아니라니 도대체 무슨 말일까요? 그는 이어서 이렇게 말합니다.

"내 종교는 오직 친절입니다."

불교라는 종교의 테두리 안에 갇히는 순간 필연적으로 다른 종교와 갈등의 소지가 생깁니다. 하지만 모든 종교의 영역에서 공통으로 인정하는 가치인 '친절'로 초점을 맞추는 순간, 서로 간의 화합을 위한 근거가 마련될 수 있죠. 실제로 달라이 라마는 이웃 종교와 화합하고 소통하며, 불교를 강요하지 않고, 친절을 철저히 실천하기로 유명합니다.

이 사랑 수업을 기획할 때 사랑이라는 단어에 주목했습니다. 사랑은 진리보다 더 뿌리 깊게 인류가 추구해 온 가치인 만큼 모든 문화 영역에서 공통의 가치로 꼽을 수 있는 단어라고 판단했기 때문입니다.

하지만 앞서 언급했던 것처럼 이 사랑이라는 단어는 이성 간의 감정적 사랑에만 초점이 맞춰져 활용되고, 또한 이를 통해 오용되고 있는 경향이 있습니다. 그렇기에 재정의가 필요했는데 사랑 수업에서는 사실상 진리의 다른 이름으로 이 사랑이 활용됩니다. 데이비드 호킨스David R. Hawkins 박사는 〈놓아버림LETTING GO〉에서 사랑의 진리성을 이렇게 표현합니다.

"사랑은 우주를 지배하는 궁극의 법칙이다."

불성, 신성, 무아, 브라흐만, 아뜨만, 우주의식 등 수많은 단어의 손가락이 가리키고 있는 달은 결국 진리입니다. 이 달을 사람의 본질인 사랑의 원석이라고 표현한 것이죠.

우리는 모두 사랑으로 연결된 존재입니다. 개별성을 주장하고 있지만 그것은 환상입니다. 자아라는 개별성을 두려움으로 증폭시키고 자신만의 철옹성에 갇혀 외로움에 벌벌 떨고 있는 것이 어쩌면 우리의 자화상일지도 모릅니다.

사랑으로 연결된 우리이기에 용기 내 마음을 열고 서로에게 사랑을 주고받을 때 우리는 일체성을 분명히 느낄 수 있습니다. 나라는 환상을 잊어버리고 상대를 경험하는 것이죠. 더 나아가 나와 너를 잊고 오직 사랑이 주는 아름다운 환희만을 경험합니다.

애인을 왜 만들고 싶어 하나요? 나를 놓아버리고 오직 애인에게 헌신하는 행위 속에서 사랑의 빛을 경험하고 싶은 본능 때문입니다. 수많은 시인이 무아無我의 사랑을 찬미했습니다. 우리는 무아의 사랑을 통해 진리로 회귀하고 싶은 지극히 높은 무의식적 욕구를 지니고 있는 것이죠.

우리는 사랑 원석의 일부분입니다. 아무리 잘난척해 봐야 결국은 두려움 때문에 발버둥 치는 것일 뿐이고, 외로움을 감추기 위한 수작입니다. 내 눈동자에 비치는 모든 존재가 사랑의 원석을 공유하고 있다는 것을 분명히 기억하고, 이 사실만으로도 이미 충분히 존귀하다는 것을 기억하며 사랑을 주고 받아보세요.

분명한 건 사람이 사람을 사랑할 때 행복의 길이 보이기 시작한다는 겁니다.

사랑은 어디로 흘러가나

사랑은 사람의 본질입니다. 사람과 사람 사이에 사랑이 흐르는 것은 지극히 자연스러운 일이죠. 반대로 사랑을 받고자 노력했지만 실패했던 과거의 두려움에 사로잡히면 서로 간에 벽이 생기는데, 이것은 부자연스러운 일입니다.

애정결핍 환자가 많아진 현시대에는 사람이 사람을 만날 때 벽을 세우는 것이 마치 자연스러운 것처럼 보이기도 합니다. 처음 만나는 사람을 경계하고, 마음을 닫아 버리며, 자신의 본 모습을 숨기는 태도가 자연스럽다고 여기는 것이죠. 이것은 현시대의 평균적인 태도일지는 모르겠으나 자연스러운 태도는 아닙니다.

그렇다고 억지로 모든 사람에게 경계를 풀고 여기저기 기웃거리며 보물찾기를 하듯 사랑을 찾아 헤맬 필요는 없습니다. 우리는 매일 사람을 만나고 관계를 맺고 살아가야 하기에 사랑을 주고받을 수 있는 대상은 이미 충분합니다. 행복의 경험을 위해 필요한 것은 관계 속에서 사랑이 자연스럽게 흐르도록 허락해주는 것 하나뿐입니다. 〈놓아버림〉에서는 사랑의 종류를 이렇게 표현합니다.

"다양한 사랑이 우리의 일상에 스며 있다. 애완동물의 사랑, 가족의 사랑, 친구의 사랑, 자유와 목표 그리고 나라에 대한 사랑, 소질에 대한 사랑, 창작에 대한 사랑, 착한 성품으로서의 사랑, 열

광하는 사랑, 용서하는 사랑, 받아들이는 사랑, 의욕을 일으키는
사랑, 공감하는 사랑, 친절로서의 사랑, 관계의 핵심으로서의 사
랑, 집단에너지로서의 사랑, 감탄하는 사랑, 존경하는 사랑, 용맹
으로서의 사랑, 유대감으로서의 사랑, 충성심으로서의 사랑, 애착
으로서의 사랑, 소중히 여기는 사랑, 자기희생적인 모성으로서의
사랑, 헌신하는 사랑 등이 있다."

사랑을 주고받을 수 있는 대상은 무한합니다. 마음에 품을 수
있는 존재에 제한이 없는 것과 같은 맥락입니다. 마음에 품고 있
는 그 대상을 우리는 사랑하는 것이고, 그 사랑은 현실의 경험에
매우 강렬한 영향을 미치게 됩니다. 그래서 사람들의 인생은 천
차만별인 것이죠. 무한한 사랑의 대상이지만 간략하게 구분해보
면 사랑이 흘러가는 방향을 알 수 있습니다.

제일 먼저 사랑이 흘러가는 대상은 자기 자신입니다. 가장 가
까운 사랑의 대상도 자신이고, 가장 사랑하기 쉬운 대상도 자신
입니다. 이미 가장 사랑하고 있는 대상 역시 자신입니다. 우리 마
음에 가장 오랫동안 품고 있는 대상은 자신이기에 사랑을 빛내는
데 있어 자기 스스로 온전히 사랑해주는 것은 정말 중요합니다.

다음으로 사랑이 흐를 수 있는 방향은 이성을 포함한 사람입니
다. 사실 좀 더 넓게 생각하면 사람이 아닌 생명체입니다. 특히
요즘은 반려 동물과 함께 하는 이들이 많은 만큼 생명체에 대한
사랑은 매우 친근한 일이 되었죠.

나를 비롯한 모든 생명체는 우리의 일상 속에서 가깝게 인연이 되는 사랑의 대상입니다. 이에 반해 세상은 비교적 멀리 있는 대상이죠. 하지만 분명히 이 세상을 향해서도 사랑이 흘러갈 수 있습니다. 그리고 이러한 방향성은 매우 중요한 의미를 지닙니다. 세상을 사랑할 때 세상을 보다 행복하게 만드는데 일조할 수 있기 때문이지요.

자신을, 인연이 되는 생명체를, 세상을 사랑하는 것은 그 대상이 비교적 분명합니다. 하지만 마지막 사랑의 대상은 어쩌면 추상적으로 보일지 모릅니다. 자신, 생명, 세상 등 그 대상이 무엇이든 사랑하는 상태, 바로 사랑 그 자체를 사랑하는 것입니다. 대상이 아닌 사랑의 행위 자체를 사랑하는 것이죠.

언급된 사랑의 대상 4가지를 정리해보면 다음과 같습니다.

첫째, 자신을 대상으로 사랑한다.

둘째, 생명체를 대상으로 사랑한다.

셋째, 세상을 대상으로 사랑한다.

넷째, 사랑 그 자체를 대상으로 사랑한다.

이 네 가지 방향 어디로든 사랑이 흘러갈 수 있도록 허락해주세요. 그것이 두려움에 빠져 부자연스러운 우리를 자연스럽게 변모시켜줍니다. 사람은 본래 사랑으로 이루어져 있기에 당연히 행복해야 하는데 두려움에 빠져서 이미 주어진 행복의 존재를 잊어버렸습니다. 그러니 이제 다시 사랑을 허락해주세요.

무엇을 사랑할 것인가? 즉, 무엇을 마음에 품을 것인가에 따라 우리 삶의 방향이 바뀝니다. 자신을 사랑할 때 자화상이 회복되어 자신의 존귀함을 확신하게 되고, 생명체를 사랑할 때 타화상이 회복되어 눈동자에 비친 이들을 진심으로 존경할 수 있으며, 세상을 사랑할 때 삶의 의미가 회복되어 세상을 밝게 만드는 위대한 의무를 다하게 됩니다. 그리고 사랑 그 자체를 사랑할 때 우리는 꿈에서 깨어나듯 사랑 그 자체가 되어 존재의 진실을 자각하게 되죠.

이제 두려움, 분노, 탐욕, 죄책감, 수치심 등의 두려움 부류 감정으로 향하던 방향을 바꿔보세요. 누구에게나 공평하게 주어진 가능성인 사랑의 원석을 행복의 경험을 낳는 방향으로 가공해보세요. 아무리 훌륭한 원석이라도 가공을 잘 하지 못하면 돌멩이일 뿐입니다. 사랑 연습을 통해 올바로 가공된 원석은 삶의 행복을 내뿜는 가치 있는 보석이 되리라 장담합니다.

지금 당신의 사랑은 어디로 흐르고 있나요?

감정의 선글라스

작년 겨울에는 미얀마에 있는 쉐우민 국제명상센터에서 수행의 시간을 가졌습니다. 개인적으로 많은 성과가 있었던 소중한 시간이었는데요. 수행 중간에 한국에 계신 스승님께 수행 점검을 받을 필요성을 느끼고 일정을 급히 변경해 한국행 비행기를 타기로 했습니다.

한참 수행에 불이 붙은 시기에 이동하는 것이라 그런지 시간만 나면 어디든 앉아 명상을 했고, 환희를 느꼈습니다. 이 흐름은 비행기 안에서도 이어져서 한국으로 날아가는 하늘 위의 5시간이 제게는 꿀맛 같은 수행의 시간이 되었어요.

미얀마 센터의 담마홀에 가만히 앉아 명상할 때는 잘 몰랐던 감각이 이동하면서 명상을 하니 새롭게 생기기 시작했습니다. 이동하는 택시에서, 대기하는 카페에서, 비행기 탑승구 앞 좌석에서, 심지어 높디높은 하늘 위 비행기 안에서 눈을 감고 명상을 해보니 알겠더군요.

'눈을 감으면 세상 어디든 똑같은 곳이구나.'

이 세상 어디든 평등한 장소입니다. 우리의 5가지 감각이 가져오는 정보들이 그 평등한 장소를 전부 다른 곳으로 느끼도록 유도할 뿐이죠. 미국에 있든, 한국에 있든, 땅에 있든, 하늘에 있든 우리는 오직 자신의 심지心地인 의식에서 살아갈 뿐입니다.

서로 간의 차이가 있다면 의식이라는 바탕 위에서 어떤 감정을 경험하게 될지 정도입니다. 두려움의 의식에 머무는 사람은 대중 속에 있어도 두렵고, 방안에 혼자 있어도 두려워요. 반대로 기쁨의 의식에 머무는 사람은 성공해도 기쁘고, 실패해도 그 속에서 기쁨을 찾지요.

사람은 사랑의 원석으로 이루어져 있습니다. 이 사랑의 원석이 우리의 경험과 앎의 원천인 심지입니다. 우리는 모두 이 심지에서 살아갈 뿐인데, 그 사실을 알지 못하고 기억하지 못합니다. 만약 기억한다면 우리의 삶은 더욱 자유롭게 바뀔 텐데 말입니다.

〈화엄경華嚴經〉에서는 이렇게 말합니다.

"마음은 화가와 같아서 갖가지 세계를 그리나니, 일체 세계의 모든 것을 그리지 못할 것은 아무것도 없다."

우리가 사랑하지 못할 것은 아무것도 없습니다. 그리고 사랑하는 그것은 분명 우리의 경험과 앎을 채워줍니다. 왜냐고요? 우리 마음에 품은 그것이 씨앗이 되어 그에 어울리는 열매를 맺는 것은 당연한 일이니까요. 사과 씨앗을 심으면 사과가 열릴까요, 배가 열릴까요? 사과가 열린다는 것은 지극히 상식적이고 당연한 일입니다.

자신의 의식에 어떤 경험을 품고 살아가는지를 알아보기 위해서는 의식의 현주소를 점검해보는 것이 중요합니다. 데이비드 호킨스 박사는 〈의식혁명Power Versus Force〉에서 인간의 의식지도를 제시하고 있습니다. 이 의식 하나하나는 인간이 마음에 품고 있는 감정에 따른 삶의 차별을 잘 보여주고 있습니다.

수준	대수의 수치	감정	과정
깨달음	700~1000	언어 이전	순수 의식
평화	600	축복	자각
기쁨	540	고요함	거룩함
사랑	500	존경	계시
이성	400	이해	추상
포용	350	용서	초월
자발성	310	낙관	의향
중용	250	신뢰	해방
용기	200	긍정	힘을 주는
자존심	175	경멸	과장
분노	150	미움	공격
욕망	125	갈망	구속
두려움	100	근심	물러남
슬픔	75	후회	낙담
무기력	50	절망	포기
죄의식	30	비난	파괴
수치심	20	굴욕	제거

이 표에서 주목해야 하는 것은 수치가 아닌 감정입니다. 감정은 경험의 질을 결정하는 매우 중요한 요소이기 때문입니다. 특정한 색깔 선글라스를 쓰면 세상이 모두 그 색깔로 보이듯 감정은 우리의 의식을 물들이는 선글라스죠.

아침에 사랑의 의식으로 눈을 뜨면 세상은 그 자체로 만족스럽고 아름답습니다. 세상을 향해 무엇을 베풀고 함께 행복해질 수 있을지를 자연스럽게 생각하게 되죠.

그런데 시간이 지나 직장에서 분노의 감정에 사로잡히면 세상은 온통 불만족스럽고 다른 존재는 나를 괴롭히는 나쁜 놈들로 보입니다. 그 감정이 계속 이어지면 아침에 그토록 사랑스럽게 보이던 가족이 저녁때는 웬수로 변하는 것이죠. 사실 가족, 직장 동료가 변한 것이 아니라 내가 다른 감정의 선글라스를 쓴 것입니다. 우리는 이처럼 하루에도 수없이 감정의 선글라스를 바꿔 쓰고는 합니다.

여러 가지 감정을 나타내는 단어들이 있지만 사랑 수업에서는 두려움 부류의 감정과 사랑 부류의 감정으로 분류해보겠습니다. 이 표에서 경멸, 미움, 갈망, 근심, 후회, 절망, 비난, 굴욕은 부정적인 감정인 두려움 부류의 감정으로 분류합니다. 이와 상반되는 사랑 부류의 감정으로는 긍정, 신뢰, 낙관, 용서, 이해, 존경, 고요함, 축복이 해당합니다. 언어 이전은 사랑을 초월한 상태의 감정이죠.

삶의 방향성은 마음에 품은 감정으로 인해 결정됩니다. 사랑의 원석이 가진 무한한 잠재력을 두려움 부류 감정의 방향으로 쓰면 우리는 고통을 사랑하는 꼴이 되고, 이 우주는 어쩔 수 없이 우리의 소원을 들어줍니다. 반대로 무한한 잠재력을 사랑 부류의 감정의 방향으로 쓰면 우리는 어떤 상황 속에서도 행복을 찾아내 기쁘게 살아갈 수 있게 되죠. 우주가 우리의 소원을 들어주니까요.

한 청년이 이사를 왔습니다. 마을 입구에 도착했을 때 나무 아래 할머니 한 분이 앉아 계셨죠. 그는 할머니에게 물었습니다.

"할머니 이 마을은 살기 어떤가요?"

할머니가 청년의 눈동자를 바라보며 반문했습니다.

"전에 살던 마을은 어땠나?"

청년은 잔뜩 찡그린 표정으로 이렇게 말했죠.

"아이고, 말도 마세요. 그 마을은 얼마나 삭막한지 눈 감으면 코 베이는 마을이라 다들 욕심도 많고 화도 잘 내서 살기가 정말 힘들었어요."

할머니는 청년에게 이렇게 대답했습니다.

"이 마을도 똑같다네."

다음날 또 다른 청년이 이사를 왔습니다. 역시나 마을 입구에서 할머니에게 물었죠.

"할머니 이 마을은 살기 어떤가요?"

할머니가 청년의 눈동자를 바라보며 반문했습니다.

"전에 살던 마을은 어땠나?"

청년은 밝게 웃으며 이렇게 말했습니다.

"정이 넘치고 행복한 마을이었어요. 진정한 우정을 나누었던 이

웃들이 많아서 헤어지기 아쉬웠죠."

할머니는 청년에게 이렇게 대답했습니다.

"이 마을도 똑같다네."

이사를 간다고, 장소를 옮긴다고 마음의 주소가 바뀌는 것이 아닙니다. 의식을 물들이고 있는 감정의 선글라스를 바꾸지 않는 한 어디를 가든 같은 경험을 반복해서 하게 되지요. 삶의 질을 바꾸고 싶다면 두려움 부류의 감정을 벗어던지고 사랑 부류의 감정으로 선글라스를 바꿔보세요.

7가지 사랑 연습은 매우 단순하지만 강력합니다. 이를 통해 사랑을 주고받는 연습을 한다면 두려움을 극복하고 사랑 부류의 감정으로 나아갈 수 있습니다.

당신은 지금 어떤 감정의 선글라스를 쓰고 있나요?

사랑 빛의 활성화

사랑의 빛이 두려움 부류의 감정에 가려져 있는 존재는 항상 사랑에 배가 고픕니다. 이 두려움 부류의 감정은 오직 사랑을 주고받음으로써 사라지게 되는데, 구름에 가린 태양이 구름이 옅어질수록 빛을 세상에 보여주듯 두려움이 사라질수록 사랑은 점점 더 빛나게 됩니다.

사랑이 빛나기 시작함에 따라 사랑받기만을 원하기보다는 사랑주기에 더욱 익숙해지게 되는데, 이것이 바로 진정한 어른의 태도입니다. 어른아이를 벗어나 어른이 되어도 처음에는 조건부 사랑을 베풀게 됩니다. 자신과 성향이 잘 맞고, 마음에 드는 존재에게만 상황에 따라 사랑을 베푸는 연습이 시작되는 것이죠.

이렇게 조건부 사랑의 태도에 익숙해지다 보면 사랑이 점점 습관으로 자리 잡게 됩니다. 그럼 더는 사랑을 주고받는 것에 조건이 없어지게 되고, 인연이 되는 모든 존재에게 사랑을 베푸는 것이 자연스럽게 되죠. 이것은 일일이 상대방을 바라보는 게 아니라 오직 사랑만을 바라보기 때문에 가능한 것입니다. 사람의 본질인 사랑의 고향에 거의 다 도착해가는 이 상태에서는 원수를 사랑하는 것조차 가능할 만큼 사랑의 잠재력이 완숙해집니다.

사랑받고 싶어 하는 사람, 조건부로 사랑을 베푸는 사람, 무조건적인 사랑을 베푸는 사람인 세 종류의 사람은 평범한 우리 사람들의 모습입니다. 사랑의 빛이 활성화됨에 따라 발전되는 의식의 길은 여기서 끝이 아니죠. 다만 이후의 여정은 평범하지 않은 특별하고 희귀한 확률로 진행되는 의식발전의 과정이라고 볼 수 있습니다.

세상의 위대한 성인聖人으로 불리는 모든 깨달은 이들은 한결같이 이러한 과정을 거치게 되는데, 붓다는 이 과정을 통해 무연자비無緣慈悲를 세상에 빛냈고, 예수는 아가페agape 사랑을 세상에 선보였습니다.

붓다와 예수는 사람을 초월한 존재입니다. 사람을 초월했다는 것은 다름 아닌 사람이라는 존재의 카테고리에서 자유로워졌다는 거예요. 평범한 사람은 스스로 만들어 놓은 감정과 견해의 족쇄에 묶여 자아를 중심으로 한 끝없는 삶을 반복하는 존재라는 것이 불교의 세계관입니다.

하지만 사랑의 빛을 활성화하는 과정에 돌입하면 어른아이가 성인成人이 되고, 조건적인 사랑이 무조건적인 사랑의 의식으로 변모합니다. 이 과정을 넘어서면 무조건적인 사랑을 '베푸는 자' 조차 사라지게 되는데, 이것은 자아의 환상이 사랑의 빛에 녹아내리는 과정이라고 볼 수 있습니다. 이 과정을 겪은 존재는 무조건적인 사랑을 베푸는 자가 아닌 사랑 그 자체가 되죠. 온전히 본질과 합일되는 것입니다.

불교 세계관에서는 이러한 존재들을 깨달은 이로, 시작도 끝도 없는 윤회輪廻의 꿈에서 벗어난 대자유인으로 표현했습니다. 기독교 세계관에서는 이들이야말로 선악과를 따서 먹기 전의 에덴동산으로 회귀하는 존재일 것입니다. 사람이 사람을 초월한 것이죠.

붓다는 '혹시 당신은 천신인가요?'라는 질문을 자주 받았습니다. 밝게 빛나는 붓다의 사랑 빛을 바라보는 것만으로도 일어나는 자연스러운 의문이었겠죠. 하지만 붓다는 이러한 질문에 항상 단호하게 천신이 아니라고 답합니다. 천신이라는 존재 역시 초월한 붓다는 천신과 인간들의 스승으로 불렸습니다.

크리스천 신비주의자들의 고전 텍스트로 불리는 〈기적 수업 A Course in Miracles〉에서는 이런 표현이 등장합니다.

"기적 수업의 목적은 하나님의 온전한 종이 되기 위해 종의 자아를 사라지게 만드는 것이다."

종에게 나라는 것이 존재하는 한 결코 하나님의 온전한 종이 될 수 없습니다. 자아의 불순물이 섞이기 때문이죠. 그래서 기적 수업에서는 사랑의 빛으로 자아를 사라지게 만드는 365일 동안의 프로그램을 워크북 형식으로 제시하고 있습니다.

〈기적 수업〉을 바탕으로 해서 태도 치료프로그램으로 계발된 제럴드 G. 잼폴스키의 〈사랑 수업〉에서는 사랑이 빛을 발하기 위해서는 두려움이 극복되어야 함을 강조하고 있습니다. 두려움이란 생존본능을 뿌리 삼고 있는 감정이기에, 생존의 근본인 자아가 사라져야만 두려움에서 완전히 자유로워집니다. 두려움으로부터 완전히 자유로워질 때 사랑의 빛은 깨달음의 빛으로 이름을 바꾸게 됩니다.

정리하겠습니다. 사랑을 주고받는 것은 사랑의 빛을 반짝이게 만듭니다. 처음에는 사람의 마음을 키워 어른으로 만들고, 이후에는 무조건적인 사랑을 베풀어 행복이 넘치는 삶을 보장하죠.

무조건적인 사랑에 도달한 이들 중 대부분이 이 의식의 자리에서 멈추어 온전한 환희를 즐깁니다. 하지만 희박한 확률로 사랑의 빛으로 더 나아가는 존재들이 있고, 그들 중 사람을 초월하는 현자들이 나타난다는 것을 기억하세요. 사랑의 빛이 자아라는 꿈을 깨워 깨달음의 빛을 발하게 된 대자유인들이 있다는 것을 기억해두세요.

기억해두는 것만으로도 무조건적인 사랑의 의식에 도달했을 때 선택의 기회가 생깁니다. 멈추는 길을 선택할지 아니면 자아의 꿈을 깨고 사랑 그 자체가 될 수 있는 길을 선택할지의 기회가 우리 눈앞에 제시됩니다.

사람의 본질인 사랑의 고향으로 돌아가 그 고향과 하나되는 이 길을 걸을 때 인간이 가장 인간다워진다는 것, 그리고 사실 우리 모두는 존재의 꿈을 초월해 어느 것에도 묶이지 않은 대자유인의 길을 걸어야 할 존귀한 존재라는 것을 꼭 기억해두시길 바랍니다.

의식 성장의 원동력, 사랑

사람은 사랑을 주고받을 때 극적인 변화를 보이곤 합니다. 사랑받지 못한 사람은 사랑을 받을 때, 사랑을 받기만 했던 사람은 사랑을 주기 시작할 때 그 변화의 폭이 커지죠.

불교의 세계관 속에는 아귀라는 존재가 있습니다. 욕심이 너무 많아 끊임없이 배고픈 존재죠. 보살이라는 존재도 있는데 모든 생명을 내 몸처럼 여기며 사랑을 베푸는 게 특징이에요. 이 둘의 특징을 명확히 구분해주는 경구가 하나 있습니다.

"가지고 있는 것을 베풀어야 하는 순간 아귀는 이렇게 생각한다. '이걸 베풀면 나는 뭘 가지지?' 하지만 보살은 이렇게 생각한다. '이걸 베풀고 나면 뭘 또 베풀 수 있을까?'"

사람의 본질인 사랑은 사랑을 받을 때 빛나기 시작합니다. 아이들이 존재 그 자체로 사랑스럽고 행복의 빛을 발하는 이유는 충분히 사랑을 받았기 때문이죠. 하지만 나이가 들수록 점점 행복하지 못한 사람들이 많아집니다. 이들은 사랑을 충분히 받지 못했기 때문입니다.

사랑이 충분하지 않은 이들은 끊임없이 사랑이 고픕니다. 사랑을 빛내며 행복해지고 싶은 것은 본능에 가까운 욕구이기 때문입니다. 이들은 아귀에 가까운 마음으로 끊임없이 사랑을 찾아 헤맵니다. 관계 맺는 이들에게 계속 사랑을 요구합니다. 그리고 이 끝없는 의존적 사랑 요구는 상대방에게 큰 부담을 주죠. 만약 상대방 역시 이러한 애정결핍의 상태라면 둘의 관계는 굉장히 집착적이고 폭력적인 모습으로 변질될 가능성이 높습니다.

이런 경험들이 쌓이면 쌓일수록 사랑을 주고받는 것은 점점 더 두려운 것으로 변하고, 불가능한 일처럼 여겨져요. 그런데도 사랑에 대한 본능적 욕망은 줄어들지 않기 때문에 사랑은 뒤틀리고 변질된 썩어버린 감정으로 변해 행복을 방해하게 됩니다.

사랑을 충분히 받은 사람의 방식은 이와 정반대입니다. 그들은 사랑을 베푸는 것 자체가 사랑을 받는 것임을 직감합니다. 그렇기에 사랑하는 이를 만나는 순간 항상 일기일회一期一回의 마음으로 최선을 다해 먼저 손을 내밀어 사랑을 줍니다. 사랑의 빛을 느끼는 것은 사랑을 받을 때나 줄 때나 차별 없이 가능하기 때문입니다. 또한 이렇게 사랑받은 상대방 역시 사랑 빛에 공명하여 사랑을 돌려주기에, 이 관계는 그 자체로 사랑에 대한 확신과 큰 기쁨이 됩니다.

의식이 발전하는 과정을 보면 사랑을 받지 못한 의식에서 사랑을 충분히 받은 의식으로의 성장이라고 볼 수 있습니다. 이를 좀 더 세분하면 사랑을 충분히 받지 못한 의식, 조건적으로 사랑을 베푸는 의식, 무조건적인 사랑을 베푸는 의식으로 나눌 수 있습니다.

사랑을 받고 싶어 하는 아귀의 마음에서 사랑을 주고 싶어 하는 보살의 마음으로의 변화죠. 그리고 대상에 따라 조건적으로 사랑을 베풀던 마음에서 대상과 상관없이 사랑을 베푸는 것이 삶의 태도로 자리 잡은 무조건적인 사랑으로의 변화입니다.

의식의 위치가 어디에 있든 발전하기 위한 원동력은 사랑입니다. 또한, 행복을 경험하기 위한 필수조건 역시 사람의 본질인 사랑의 빛을 되찾는 것입니다. 없는 것을 새로 만들거나 모르는 것을 새로 배우는 것이 아닙니다.

갓 태어난 아기를 바라보며 순수하게 기뻐하고 조건 없이 사랑할 수밖에 없는 그 마음을 상상해보세요. 죽음을 맞이한 애인이 하루만 더 살아있어도 감사하며 조건 없이 사랑할 그 마음을 상상해보세요. 우리, 이렇게 사랑할 수 있지 않나요?

무조건적인 사랑은 모두에게 이미 내재한 힘입니다. 하지만 우리의 현실은 부정적인 경험들로 인해 고통과 두려움이라는 멀고 먼 타향살이를 하고 있습니다. 행복해지고 싶다면 사랑이라는 본질의 고향으로 돌아가는 것, 이것은 선택이 아닌 필수입니다.

여러분을 사랑하는 마음으로 고향행 기차표를 정성스레 준비했습니다. 고향에 도착하기 전까지 고통에서 행복으로 변화하는 삶의 풍경을 환희롭게 구경하면서 사랑 연습을 이어 나가볼까요?

3장 사랑이 주는 선물

사랑을 사랑하다

2,600여 년 전 붓다는 '일체유심조'라는 혁명적인 가르침을 세상에 내놓았습니다. 마음은 화가와 같아서 마음에 품는 것을 현실로 만들어낸다는 것이죠. 그런데 정말 우리가 마음에 품은 사랑하는 것이 현실의 경험에 영향을 미칠까요?

프린스턴 대학의 딘 라딘Dean Radin 박사가 흥미로운 실험 결과를 발표했습니다. 스님들에게 각자 초콜릿 조각을 바라보며 자비의 마음을 10초간 보내달라고 부탁했습니다. 스님들은 항상 수행하는 자비 게송을 초콜릿을 바라보며 마음에 품었죠.

'이 초콜릿을 먹은 이들의 몸과 마음이 건강하고 행복하기를.'

이렇게 자비의 축복이 담긴 초콜릿과 일반 초콜릿을 섞은 후, 무작위로 사람들에게 5일 동안 섭취하도록 했습니다. 심신에 어떤 변화가 있었을까요?

누군가는 5일 전과 비교해 기운이 열 배는 더 나은 것 같다고, 누군가는 아무런 변화가 없었다고, 누군가는 더 힘이 없어졌다고 답했습니다. 이런 대답을 모두 기록한 후 누가 어떤 초콜릿을 먹었는지 조사한 결과가 참 놀랍습니다.

자비의 축복이 담긴 초콜릿을 먹은 이들은 평균적으로 5일 만에 67% 정도 몸과 마음의 건강이 회복된 것으로 결론이 났거든요. 이 과학적인 실험이 혹시 비과학적으로 느껴지나요?

양자물리학이라는 학문 영역이 세상에 소개된 전과 후, 인간의 상식은 많은 부분이 뒤집어졌습니다. 이전에는 물질과 빛은 서로 간에 온전히 다른 영역이라고 여겨 왔지만, 이후에는 다르지 않다는 것이 상식이 되었습니다.

우리가 감각할 수 있는 일상의 물질이 아닌 아주 작은 단위의 물질세계로 들어가면 입자가 빛과 물질의 경계를 왕래한다고 합니다. 처음 이 사실을 발견했을 때 관찰자들은 어떤 기준으로 이 경계가 바뀌는지 궁금했는데 실험을 지속해본 결과 충격적인 사실이 밝혀졌죠.

"양자量子는 관찰자가 품고 있는 마음에 영향을 받아 변화한다."

우리가 마음에 품고 있는 사랑은 고유한 에너지를 가지고 있습니다. 이 파동은 우주 모든 곳에 영향을 미칩니다. 그러니 당연히 눈앞의 양자에도 영향을 미치겠죠. 일상에서 감각되는 물질 단위를 단번에 바꿀 만큼 강렬한 영향력을 가지고 있지는 않지만, 미시 단위의 세계에서는 물질을 비물질로, 비물질을 물질로 바꿀 수 있을 만큼 상대적으로 큰 영향력을 품고 있다는 거죠.

세상의 모든 존재는 마음에 품고 있는 그것에 따른 고유한 빛을 세상에 방사합니다. 이렇게 무엇인가를 사량하고, 세상에 방사하는 것이 우리의 본성인 사랑이라는 원석이에요. 우리는 자신의 주의력을 어디에 두고 무엇을 마음에 품고 있으며, 어떤 삶을 경험할지에 대한 온전한 자유가 있습니다. 그리고 이 자유와 함께 그에 따른 고유한 책임 역시 동시에 지니고 있습니다.

두려움을 마음에 품든, 사랑을 마음에 품든 개인의 자유지만 그것에 따른 경험은 스스로 책임져야 합니다. 감정을 가진다는 것이 개인적인 일로 보일 수도 있습니다. 하지만 우리가 마음에 품고 있는 그것은 온 우주에 방사되고 만물에 강렬한 영향을 미칩니다. 그렇기에 지극히 개인적으로 느껴지는 감정까지도 사실은 비개인적이고, 전 우주적인 일입니다. 이 우주는 개개인의 마음에 품은 것들이 내뿜는 진동이 중첩에 중첩을 거듭하여 나타난 결과물이니까요.

우주의 창조주는 바로 우리 자신입니다. 우주는 초월적인 누군가에 의해 한번 창조되고 마는 것이 아닙니다. 만약 그렇다면 창조 이후 변화의 동력이 고갈된 이 우주는 이미 멈춰 버렸을 것입니다.

이 세상의 만물은 각양각색으로 끊임없이 변화합니다. 이렇게 역동적인 만물의 변화가 내뿜는 파동이 중첩되면 세상은 순간순간 재창조됩니다. 그렇기에 세상은 우리 자신 즉, 만물에 의해 공동 창작되고 있는 것이죠. 우리가 모두 존귀한 삶을 만들어내는 창조주입니다.

특히 주관적인 세상에서 당신은 객관세계의 공동창조주를 넘어선 온전한 창조주에 가까운 위력을 발휘합니다. 창조주가 원하는 것, 즉 마음에 품은 사랑하는 그것에 따라 당신의 주관적 세상은 매 순간 새롭게 창조되니까요.

당신이 사랑하는 그것이 내뿜는 빛깔이 세상을 물들인다는 것을 기억하세요. 자신의 삶을 사랑하는 그것으로 재창조할 수 있다는 것도 기억해두세요. 당신과 나 그리고 세상이 행복해지기 위해서 우리는 책임감을 가지고 이 창조의 자유를 누려야 하니까요.

이고득락을 원한다면 원칙은 간단합니다. 고통의 원인을 사랑하지 말고, 행복의 원인을 사랑하세요. 그곳에 주의를 기울이고 마음에 품어보세요. 당신의 삶이 행복으로 바뀌는 것은 물론이고, 세상을 행복으로 물들이는 역할을 할 수 있을 테니까요.

부디 당신 자신과 세상을 모두 행복하게 만들 수 있는 사랑을 사랑하시길.

사랑이 불러오는 치유

제 부친은 술을 많이 드십니다. 어렸을 때는 그 모습이 정말 싫었습니다. 하지만 출가해서 한국의 평범한 아버지들의 삶을 알게 되니 부친의 행동이 이해되면서 연민의 마음이 생겼습니다. 한국의 아버지를 표현하는 말 중에 이런 문장이 있습니다.

"숨만 쉬고 기계처럼 일하다가 죽는다."

열심히 일하는 아버지, 남편이 가족에게는 불만으로 작용하지만, 가족의 삶을 어깨에 짊어지고 책임져야 하는 입장에서는 멈추는 것이 너무 두렵습니다.

일만 하는 아버지들은 대개 아무런 취미가 없습니다. 사실상 취미를 가지는 것이 불가능하죠. 그들이 과도하게 일을 하는 만큼 스트레스가 쌓이기 마련인데, 그것을 분출할 수 있는 통로가 거의 없습니다.

이럴 때 아버지들이 가장 쉽게 선택하는 분출구는 바로 술입니다. 부친은 특히 평생 건축일을 하셨기에 피곤한 몸과 마음의 고통을 잊기 위한 수단으로 술을 마셨을 것입니다. 이런 이해가 생기자 부친의 마음을 헤아리지 못한 참회의 마음이 생겼습니다. 그리고 연민의 마음으로 부친을 돕고 싶어졌지요.

그렇게 사랑을 베풀기 위한 고민 끝에 강아지 한 마리를 속가에 데려다 놓기로 했습니다. 하나 밖에 없는 아들이 절로 떠나버려

외롭게 살아가는 부모님에게 반려 동물인 강아지는 사랑을 주고 받을 수 있는 훌륭한 존재가 될 것이라 생각했기 때문이죠.

'우리 부모님과 사랑을 많이 주고 받아줘. 알겠지?'

강아지 키우는 것을 처음에는 거부하시더니, 언젠가부터 강아지에게 많은 위로와 사랑을 받는 부모님을 목격할 수 있었습니다. 아버지가 술 한잔하고 들어와 어머니와 싸운 날, 강아지를 붙잡고 구석에 앉아 울면서 '내가 다 잘못했다. 정말 미안하다.'라고 하소연하고 있더라는 어머니의 목격담은 아직도 제 눈시울을 붉힙니다. 사랑이 불러오는 치유는 우리 가족 모두에게 그렇게 시작되었습니다.

몇 년이 지난 후 그 사랑 많던 강아지가 쥐약을 잘못 먹고 죽었습니다. 강아지를 산에 묻어 주고 온 후 부친은 울기 시작했습니다. 그렇게 시작된 눈물은 시도 때도 없이 흘러내려 여러 사람을 당황스럽게 만들었습니다.

"원빈 스님, 어머니가 돌아가셨을 때도 이렇게 안 울었는데 너무 이상해요."

이제 와 생각해보면 그때 흘렸던 부친의 눈물이 전부 다 강아지 때문이었을까요? 물론 그 상실감은 매우 컸겠지만, 그것만으로는 도저히 설명되지 않는 약한 모습이었고 많은 눈물이었습니다. 아마도 센 척하느라 그동안 울지 못하고 가슴 속에 한으로 묻어 놨던 상처들이 눈물로 쏟아져 나온 게 아닐까요?

한국 남자들은 쉽게 울지도 못합니다. 자신의 약한 모습을 밖으로 드러내는 순간 이를 악물고 버티던 무거운 짐이 무너져 내릴까 봐 쉽게 울지도 못하는 거죠. 울지 못하는 만큼 그렇게 가슴은 썩어갑니다. 그렇게 오랜 세월 썩은 상처들을 눈물로 흘려낸 후 부친의 삶은 한결 부드러워졌습니다.

큰 상실감을 경험한 후 동물을 키우지 않겠다는 부모님에게 다시 강아지를 한 마리 선물했습니다. 강아지 이름은 가족의 상의하에 해피HAPPY로 결정했죠. 이름 따라 가는 것인지 애굣덩어리 해피는 부모님뿐만 아니라 만나는 모든 사람들을 행복하게 해줍니다.

한 연구기록에 의하면 개를 키울 경우 주인은 평균적으로 수명이 10년 정도 늘어난다고 합니다. 단순히 개라는 생물을 키우는 것이 건강에 좋은 것일까요?

개가 주인을 향해 꼬리를 흔들고 반갑게 맞이하는 몸짓은 무조건적인 사랑의 에너지를 방사한다고 해요. 개라는 존재 자체가 건강에 좋은 것이 아니라 개를 통해 경험되는 무조건적인 사랑의 힘이 사람을 건강하게 만드는 것입니다.

칼 메닝거Karl Menninger는 사랑이 불러오는 치유에 대해 이렇게 표현합니다.

"사랑은 사람을 치유한다. 주는 사람도 받는 사람도 모두."

사랑은 치유합니다. 사랑은 사람을 키웁니다. 사랑은 기적을 만듭니다. 사랑이 하는 역할은 정말 무한합니다. 세상의 모든 문제는 사랑이 부족해서 생기는 것이고, 그 모든 문제의 해결책은 바로 사랑을 주고받는 것입니다.

지금 반려 동물을 키우라고 홍보하는 것이 아니에요. 우리 모두에게는 무조건적인 사랑에 노출되는 경험이 필요하다고 말하는 것입니다. 고통에서 벗어나 행복하고 싶은 이들이 반드시 명심해야 하는 중요한 원칙이 한 가지 있습니다. 〈초발심자경문初發心自警文〉에서는 그 원칙을 이렇게 표현합니다.

"부초심지인夫初心之人 수원리악우須遠離惡友 친근현선親近賢善, 무릇 처음으로 행복의 길을 걷기를 결심한 이들은 마땅히 나쁜 친구를 멀리하고, 행복한 이들과 가까이해야 합니다."

행복해지고 싶나요? 필사적으로 행복한 사람들을 찾으세요. 그리고 그들과 함께 사랑을 주고받는 관계를 만드세요. 창피할 것 없습니다. 세상에 행복만큼 중요한 일이 또 어디 있을까요. 그 중요한 일을 위해서, 그들 옆에 꼭 붙어있기 위해서 최선을 다하는 것은 결코 창피한 일이 아닙니다.

만약 눈을 씻고 찾아봐도 무조건적인 사랑을 베푸는 행복한 사람을 발견할 수 없다면 그냥 당신이 무조건적인 사랑의 영역으로 의식을 이사해 버리세요. 그것이 가장 빠르고, 현명하고, 오랫동안 안정적으로 행복을 경험할 수 있는 최고의 전략입니다.

내가 무조건적인 사랑의 의식에 도달한다면, 내가 바로 현선이

되는 것입니다. 그렇게만 된다면 나는 사랑하는 이들을 치유할
수 있는, 사랑 그 자체가 될 수 있습니다. 어때요, 귀가 솔깃하지
않나요?

　사랑은 치유합니다. 사랑에 불가능은 없습니다. 모든 경험을 만
들어내는 근본이 바로 이 사랑이기 때문입니다. 사랑이 되는 이
길, 사랑 연습에 초점을 맞추고 정진해보죠. 우리 모두 다 함께
요.

자화상과 행복

출가를 한 후 108배, 300배, 1000배 등 절 수행을 많이 했습니다. 처음 절을 할 때는 몸이 적응하지 못해서 아픈 곳이 참 많았습니다. 그중에서도 까진 무릎은 절을 할 때마다 몸이 뒤틀릴 정도로 고통스러웠어요.

무릎이 땅에 닿았을 뿐입니다. 그런데 자지러질 것 같은 통증이 느껴집니다. 도대체 이 통증은 어디서 오는 것일까요? '쿵' 하는 소리가 나게 바닥을 찧어도 크게 아프지 않던 무릎이 이렇게까지 아픈 건, 까진 상처가 있기 때문입니다. 다치고 치유되지 않은 상처는 고름을 품어서 작은 충격에도 엄청 아픕니다. 조금 과장하면 바람만 스쳐도 아프게 되는 것이 바로 치유되지 않은 상처죠.

사람은 무엇이든 사랑할 수 있습니다. 존재뿐 아니라 자신의 감정까지도 마음에 간절히 품고 존경하며 사랑할 수 있죠. 누군가는 평화를 사랑하겠지만 누군가는 수치심과 분노를 사랑할 것입니다. 그리고 이 마음에 품은 그것은 바로 삶의 경험과 직결됩니다.

선물을 받는다는 것은 매우 기쁜 일입니다. 하지만 누군가는 선물을 받고서 '내가 거지로 보이냐?'며 화를 내기도 해요. 만약 선물을 받았기 때문에 화를 낸다고 말한다면 그것은 무릎이 아닌 땅 탓을 하는 격입니다. 진실은 마음에 치유되지 않은 상처가 있는 것이고, 그 상처에 분노의 고름이 가득 차 있기 때문에 아픈 거예요. 아마도 이 사람은 상처를 치유하지 않는 한 어디를 가든 싸우자고 덤벼드는 쌈닭이나 아수라阿修羅와 같은 삶을 살게 될 것입니다.

치유되지 않은 삶의 상처들은 자신을 스스로 바라보는 관점의 근거가 됩니다. 자화상이라는 말은 자신을 상상할 때 그리는 모습인데 이 자화상의 비천함, 고귀함은 이미 가진 상처를 근거로 결정하게 되죠.

〈법화경法華經〉에 상불경보살常不輕菩薩이라는 인물이 등장합니다. 상불경보살의 특징은 만나는 모든 이들을 존경하는 것인데, 그 근거는 간단합니다. 만나는 모든 이들이 존귀한 부처님의 잠재력인 사랑의 원석으로 이루어져 있기 때문입니다. 그는 마음으로만 존경을 품고 있었던 것이 아니라 만나는 모든 사람을 이렇게 찬탄합니다.

"나는 당신을 존경합니다. 당신은 세상에서 가장 존귀한 부처님이기 때문입니다."

이 말을 들었을 때 사람들은 각양각색의 반응을 보입니다. 아수라 같은 사람은 이 찬탄을 비꼰다고 표현하며 화를 낼 수도 있습니다. '한번 걸려만 봐라. 무조건 화내리라!' 이미 분노의 고름이 가득하기에 화낼 조건을 기다리고 있었던 것이나 마찬가지죠.

반면 상처 없는 건강한 자화상을 지닌 사람이 찬탄의 말을 들으면 자신의 존귀함을 인정하고 기쁘게 받아들일 것입니다. 이러한 태도를 보임으로써 서로 존경하는 은혜로운 관계가 맺어지지요.

한 나라의 왕에게 큰일이 생겼습니다. 사랑하는 어린 왕자를 잃어버린 것이죠. 백방으로 찾아다녔지만 아들을 찾지 못했습니다.

20여 년의 세월이 지난 후 우연히 왕은 거지꼴을 한 아들을 발견합니다. 그리고 그를 데려다 눈물을 흘리며 진실을 말해줍니다.

"넌 사실 내 아들이자 이 나라의 왕자다!"

그동안 거지로 살아온 왕자가 과연 이 사실을 받아들일 수 있을까요?

이것이 바로 자화상입니다. 20년간의 삶이 근거가 되어 자신을 거지로 생각하는 것, 아무리 그가 태생적으로 왕자임을 말해줘도 결코 믿지 못하는 것, 이것이 바로 거지의 자화상입니다.

우리는 왜 행복하지 못할까요? 바로 부정적 자화상의 저항이 결정적인 장애입니다. 자기 삶의 경험이 스스로 존귀한 존재가 아니라고 주장합니다. 또한 거지 같은 삶의 상처들이 지금 이 순간에도 두려움, 분노, 수치심, 죄책감 등의 부정적 감정의 고름을 품고 있죠. 이런 경우 삶이 내 뜻대로 조금만 안 되어도 고름이 터진 것처럼 아파 죽을 것 같습니다. 이런 상황에서 어떻게 행복할 수 있을까요? 아니, 행복해질 수 있다고 믿을 수는 있을까요?

행복해지기 위해서는 스스로 이미 존귀한 존재임을 알아야 합니다. 그래야만 자신이 사랑받아 마땅한 존재임을 알고 인정할 수 있습니다. 그러기 위해서는 진실을 믿지 못하게 가로막는 부정적 자화상을 극복할 필요가 있어요. 그 실천 방법은 4장, 7가지 사랑 연습에서 만날 수 있습니다.

타화상과 행복

맨날 싸우자고 드는 사람, 선물을 줘도 감사히 받지 못하는 사람을 누가 매력적으로 느낄까요? 매력이라는 말도 사랑처럼 이성과의 관계에 적용되는 힘으로 그 의미를 좁혀 사용하는 경향이 있습니다. 하지만 넓은 의미의 매력이란 그 사람 자체가 방사하는 사랑의 빛입니다. 향기로운 꽃에 벌이 달려들고, 밝은 빛에 하루살이가 몸을 던지듯 애정이 부족한 사람들은 자신에게 사랑을 줄 수 있는 존재를 매력적으로 느낍니다.

몸이 건강해지려면 밥을 잘 먹어야 하는 것처럼 마음이 건강해지려면 마음 밥인 사랑을 잘 섭취해야 합니다. 자신을 스스로 사랑해주는 방법도 물론 가능하지만, 사랑을 충분히 받지 못해 자화상이 낮은 사람이 과연 스스로 충분히 사랑할 수 있을까요?

사랑에 대한 자급자족이 불가능해 사랑받고 싶어 하는 이들에게 있어 사랑을 줄 힘이 충분한 사람은 매우 매력적입니다. 그것이 매력의 비밀이고, 사랑의 빛이 가진 힘입니다. 관계를 넓고 깊게 만드는 이 사랑의 빛은 그 자체로 희유한 능력입니다.

태조 이성계와 무학대사는 매우 절친한 사이였다고 알려져 있습니다. 조선 건국을 위해 동분서주할 때부터 격의 없이 지내는 친구였을 것이고, 든든한 우군이었을 것입니다. 태조는 건국 이후 매우 외로워졌습니다. 절친했던 이들을 숙청해야 했고 아직 남아 있는 이들도 예전과는 자신을 다르게 대했기 때문이죠. 태조는 옛 시절을 그리워하며 무학대사에게 일종의 야자타임을 제안합니다.

"대사, 우리 누가 막말을 더 잘하는지 내기합시다!"

"좋습니다."

무학대사가 동의하자 태조는 막말을 시작했습니다.

"대사는 요즘 먹기만 하더니 살찐 모습이 꼭 돼지 같구려! 허허허."

"폐하는 여기저기 아무리 둘러봐도 영락없이 존귀하신 부처님이십니다."

무학대사의 반응은 이렇게 재미없는 찬탄이었기에 태조는 서운하고 화가 났습니다.

"대사, 어찌 내 제안을 무시하고 막말에 찬탄으로 답하시는 것이오?"

그러자 무학대사는 의아한 표정으로 이렇게 답합니다.

"폐하, 전 분명히 입에 담기 힘든 막말을 했습니다."

도저히 그 진의를 파악하기 힘들었던 태조가 무학대사에게 그 뜻을 묻자 답변으로 우리 모두 알고 있는 유명한 문구가 등장합니다.

"폐하, 돼지 눈에는 모든 것이 돼지로 보이고, 부처님 눈에는 모든 것이 부처님으로 보이는 법입니다."

무학대사는 어떤 막말을 한 것인가요? 아직 알아차리지 못하신 분들을 위해 번역서비스를 해보자면 그 뜻은 이렇습니다. '폐하는 돼지 눈을 가지고 있고, 난 부처님의 안목을 지니고 있습니다.' 어떤가요? 한 나라의 국왕에게 이 정도면 충분히 막말 아닌가요?

이 재밌는 일화에는 행복에 대한 중요한 진리가 숨어 있습니다. 그것은 자화상과 타화상의 관계이죠. 자신의 자화상을 알고 싶다면 내 눈동자에 비치는 다른 사람을 어떻게 바라보고 있는지를 알면 된다는 것입니다. 또한 자화상의 격을 높이고 싶다면? 타화상의 격을 높이면 되는 것이죠.

사실 이 사랑 수업은 모체가 되는 원전이 있습니다. 그것은 〈보현행원품普賢行願品〉이라는 경전입니다. 모든 존재를 부처님으로 바라보는 부처님의 안목을 기르기 위한 실천방법 10가지를 소개하고 있는 이 텍스트를 바탕으로 사랑 회복을 위한 7가지 연습을 뽑아낸 거예요.

다른 사람을 비천한 존재로 바라볼 때는 짜증도 내고, 무시할 수도 있습니다. 하지만 만약 그를 존귀한 존재로 바라본다면, 즉 부처님, 하나님, 알라, 성자, 스승으로 바라본다면 과연 그에게 쉽게 짜증 내고, 무시하며, 비난할 수 있을까요?

행복해지고 싶다면 자화상을 높여야 합니다. 이를 위해 필요한 것은 사랑받는 것이죠. 하지만 자화상이 낮은 사람을 과연 누가 사랑할까요? 물론 무조건적인 사랑의 의식을 가진 사람과 인연이 된다면 그에게 충분한 사랑의 영양분을 받아 자화상의 격이 자라날 수도 있겠지만, 이것은 복권이 당첨되는 것만큼 희박한 확률입니다.

백마 탄 왕자님이 구하러 오기를 기다리는 것보다는 효과적인 전략을 통해 사랑의 빛을 스스로 회복하는 것이 더 지혜롭습니다. 그리고 그 전략이란 다름 아닌 자화상 회복을 위해 내 눈동자에 비치는 타화상을 높이는데 집중하는 것입니다.

매일 만나는 이들이 존경받아 마땅한 존재임을 기억하고 그들을 존경하고 아끼는 태도를 연습해보세요. 이러한 노력이 타화상을 높여준다면 이것은 자화상의 상승으로 이어지고 또한 매력이 충분하고 행복한 사람으로 자신을 가꾸는 길이 될 것입니다.

행복해지고 싶나요? 사랑받고 싶나요? 매력적인 사람이 되고 싶나요? 그렇다면 만나는 이들에게 경애의 태도를 연습해보세요. 그렇게 만나는 이들에게 사랑을 베풀 때 우리는 이미 매력적인 사람이 되어 있을 거예요. 이것이 사랑을 경험하도록 만드는 사랑에 대한 자급자족의 방법이니까요.

미국의 작가이자 교육학자인 레오 버스카글리아 Leo Buscaglia 는 사랑에 대한 중요한 진실을 이렇게 표현했습니다.

"남에게 사랑을 베푸는 것은 자기 자신을 사랑하는 것이다."

사랑 자급자족의 길, 함께 연습해볼까요?

주관적 행복과 사랑

세상에는 두 가지 행복이 있습니다. 진짜 행복과 가짜 행복입니다. 진짜 행복이란 말 그대로 진짜배기이기 때문에 어떠한 상황 속에서도 그 행복감은 유지되죠. 스스로 진짜이기 때문에 무엇인가에 의존하지 않고, 마음에서 오고 가는 다양한 경험들을 평온하게 바라볼 수 있습니다.

가짜 행복은 이렇게 저렇게 행복해지고 싶지만 그렇지 못할 때 선택하는 보기 중 하나입니다. 바로 행복한 '척' 하는 것이죠. 한국 사회의 주관적 행복지수는 아주 낮다고 합니다. 하지만 정작 만나는 이들에게 '행복하세요?'라는 질문을 던지면 '행복합니다!'라고 답하는 사람들이 많습니다. 그들은 행복한 것일까요? 아니면 행복한 척하는 것일까요?

가짜 행복은 진짜 행복을 추구하다 실패한 사람들의 행복입니다. 다리가 부러지면 목발에 의지해야 하듯 이 가짜 행복은 무던히 의존적이기에 쉽게 무너집니다. 의존하는 대상이 존재할 때는 그나마 안정감이 있지만, 그것이 변화하는 순간을 직면할 때 혼자서는 아무것도 못 하는 아기처럼 고통스러워지죠.

가짜 행복을 추구하더라도 겉보기에 좋은 조건을 갖추고 있는 사람들이 있습니다. 돈, 명예, 성공 등 여러 가지 근거를 통해 그들은 나름의 만족감을 느끼고 삶을 살아가지요. 하지만 이들 중

호화롭고 멋진 삶의 조건 속에서 외로움에 치를 떠는 경우가 많습니다. 사랑의 빈곤에 시달리는 것이죠. 돈, 명예, 성공이 나쁜 것이니 피해야 한다고 말하는 것이 결코 아닙니다. 그것들에 의존하는 행복이 가짜라는 것이죠.

주관적 행복지수란 삶에서 느끼는 행복감에 대한 자기 판단입니다. 이것은 돈, 명예 등 외부적인 조건을 평가한 것이 아닌 삶의 경험에 대한 내면적 만족도를 보여주는 지수예요. 그렇기에 주관적 행복지수가 높아지기 위해서는 삶의 경험을 해석하는 틀이 행복에 가까워져야만 합니다.

동화 〈핑크 대왕 퍼시Percy the pink〉 이야기는 이를 잘 보여줍니다. 핑크색을 너무 좋아하는 왕 퍼시가 있습니다. 어느 날 왕은 핑크에 대한 탐욕이 폭발해 왕궁의 모든 가구, 건물, 신하뿐 아니라 산, 동물까지 모두 핑크로 물들이죠. 강박적이고 탐욕적인 이 핑크화 작업은 거의 성공하는 것 같았지만 성공을 가로막는 장애물을 만납니다. 그것은 바로 파란 하늘이었지요.

폭군의 탐욕을 따르느라 얼굴까지 핑크색으로 칠한 불쌍한 백성과 신하들은 큰 위기에 봉착합니다. 핑크에 미친 퍼시가 폭발하기 직전이었거든요. 그때 지혜로운 신하가 모든 이를 구원할 수 있는 멋진 해결책을 내놓습니다. 물론 폭군의 마음까지도 구할 수 있는 해결책이었어요. 그 해결책이 무엇일까요?

신하는 핑크색 선글라스를 조용히 퍼시의 얼굴에 씌워줬습니다. 하늘마저도 핑크색으로 보이는 멋진 풍경에 퍼시의 마음은 흡족했고, 백성들은 미칠 것 같았던 핑크 칠에서 벗어날 수 있었습니다.

세상의 모든 것을 내 마음대로 바꿀 수는 없습니다. 내 마음대로 하고픈 다른 존재에게도 그들의 마음이 있기 때문입니다. 내 마음과 네 마음이 극적으로 일치되면 어떻게 가능할지 모르겠으나 네 마음을 내 마음대로 하려는 시도는 지독한 탐욕이자 전쟁의 서막일 뿐입니다.

내가 바꿀 수 있는 가장 쉬운 것은 바로 내 마음입니다. 그리고 이 마음을 바꾸기 위해 필요한 영양분이 바로 사랑입니다. 자신을 스스로 사랑해줘도 좋고, 다른 이에게 사랑을 받아도 됩니다. 또 마음이 건강한 누군가는 사랑을 주는 것 자체가 스스로 사랑받는 방법임을 체득했을 수도 있죠. 각자의 방법으로 사랑을 주고받을 때 우리의 자아 탄력성은 높아지고, 그로 인해 다양한 삶의 고통이 다가왔을 때도 주관적 행복감은 유지될 수 있습니다.

톨스토이 Leo Tolstoy는 사랑과 행복의 필연성에 대해 이렇게 표현했습니다.

"사랑이란 우연에 의존하지 않는 유일한 행복이다."

사랑이 길러주는 행복 나무의 비밀을 모르는 이들은 행복을 우연의 요소라 치부하는 경향이 있습니다. 하지만 행복 나무에 사랑을 주는 것은 내 뜻대로 디자인할 수 있는 필연의 산물입니다.

사랑은 영양분입니다. 사람은 사랑의 원석으로 이루어져 있기에 필요한 영양분 또한 사랑이죠. 육체가 영양실조에 걸리면 자연스럽게 힘이 빠지는 것처럼 마음이 사랑 결핍으로 인한 영양실조에 걸리면 행복감을 유지할 힘이 부족해집니다.

사랑의 영양분을 공급하려고 할 때 가장 큰 걸림돌은 두려움입니다. 두려움은 마음을 닫고, 사랑은 마음을 열기에 결코 양립할 수 없습니다. 그렇기에 두려움은 사랑이 부족한 이들에게 반드시 극복해야만 하는 대상이죠. 두려움을 극복할 수 있는 방법은 오직 사랑하는 것뿐입니다. 닫힌 문을 여는 방법은 여는 것뿐이니까요.

정말로 행복해지고 싶나요? 가짜 말고 진짜 행복을 누리고 싶나요? 두려움을 극복하고 사랑을 주고받고 싶나요? 그렇다면 원하는 그 행복을 키워내고 지킬 수 있는 최소한의 영양분을 공급해주세요. 7가지 사랑 연습이 당신에게 길을 제시할 것입니다.

부디 사랑의 영양실조에서 벗어나시길.

행복을 위한 세 가지 복

사랑 수업은 사랑만 하면 행복할 수 있다고 주장하는 사랑 타령이 아닙니다. 사람 좋게 바보처럼 누구에게나 사랑만 주고 배신당하며, 이용당하고 살라는 그런 내용이 아니에요. 오히려 돈, 명예, 건강, 성공 등의 외부적 조건들이 필요함을 인정하고 이 조건들이 보다 만족스럽게 바뀌기 위해서는, 사랑의 빛이 반짝이기 시작해야 한다는 것을 다양한 각도에서 강조해서 말하고 있습니다.

행복하게 사는 데 필요한 것은 무엇일까요? 돈, 좋은 인간관계 그리고 내면의 평화가 있다면 충분하지 않을까요? 이러한 세 가지 열매인 세 가지 행복은 세 가지 씨앗을 통해 열립니다. 행복한 삶을 준비하는 입장에서는 열매를 즐기는 것만큼 중요한 것이 씨앗을 심는 것이기에, 이 삼복三福의 씨앗에 대해서 배우는 것은 매우 중요합니다.

세 가지 행복에는 이름이 있습니다. 재물을 통한 행복은 재복財福, 인간관계를 통한 행복은 인복人福, 내면의 평화를 통한 행복은 심복心福이라고 합니다.

붓다는 재복과 인복에 대해서 이렇게 말했습니다.

"베푸는 것을 즐기는 사람은 재복이 생기고, 권선勸善을 즐기는 사람은 인복이 생긴다."

재복의 씨앗은 재물을 베푸는 것으로, 자신이 가지고 있는 것을 타인과 나누는 행위입니다. 이때 만나는 이들을 아끼는 마음은 필수입니다. 누군가를 아끼는 마음을 가지고 있을 때 우리는 그에게 무엇인가를 주고 싶어집니다. 그리고 이 진심 어린 마음으로 가진 것을 나눌 때 받는 사람의 마음은 감동하게 되고, 우리는 사람을 아끼는 태도와 베푸는 행위에 익숙해지게 되죠.

　상대방을 위하는 아낌의 행위는 나중에 어떤 형태로든 호의로 되돌아오게 되고, 실천이 반복될수록 우리는 아끼고 베푸는 태도가 익숙해지기에 베풂의 빈도가 점점 더 높아지게 됩니다. 그럼 더욱 많은 사람에게 아끼는 마음으로 베풂을 실천하게 되어 재복이 복리로 커지게 되지요.

　인복을 만드는 권선은 행복을 만드는 선한 행위를 다른 사람에게 권하는 것입니다. 이 권선의 행위에도 역시 상대방을 아끼는 마음이 포함되어 있죠. 스스로 누리고 있는 행복의 비결을, 아끼는 사람이 아니라면 과연 알려주고 싶을까요? 또한 권선의 행위에는 상대방을 존경하는 태도가 필요합니다.

　'평안 감사도 저 싫으면 그만.'이라는 속담처럼 아무리 그 행위가 훌륭한 행복의 씨앗을 심는다 하더라도 스스로 선택하지 않으면 실천할 수 없습니다. 사람은 변화가 싫은 것이 아니라 변화 당하는 것을 거부하니까요. 물론 관성의 법칙 때문에 무상하게 끊임없이 변하는 이 세상의 흐름에서 변화 없이 안주하고 싶은 게

으름은 누구나 가지고 있습니다. 하지만 스스로 동기를 가지는 순간 사람은 변하기 시작합니다. 어렵기는 하지만 필요하다면 충분히 변화할 수 있는 것이죠.

하지만 만약 누군가가 억지로 자신을 변화시키려고 한다면? 변화는커녕 그에 대한 반작용으로 더욱 게으름만 증폭시키는 부작용이 나타날 수도 있습니다. 아무리 선한 일도 상대방을 존경하는 태도 없이 권한다면 그것은 강요가 되고, 오히려 상대방이 선을 싫어하게 만들 수도 있습니다. 권선이 아닌 권악이 되는 것이죠.

중학교 때 방학만 되면 사촌들의 집을 전전하며 함께 어울렸던 기억이 있습니다. 사촌 형들과 당시 유행하던 컴퓨터 게임을 돌아가면서 하고 있었어요. 드디어 기다리던 제 차례가 되었는데 갑자기 이모가 저를 부르더군요. 약간 짜증 나는 마음으로 거실에 나가 앉은 순간부터 시작된 1시간 동안의 설교.

아마도 집사였던 이모는 본인의 삶을 행복하게 만들어준 신앙을 권선하고 싶었던 모양입니다. 지금에 와서는 충분히 그럴 수 있다는 것을 이해할 수 있어요. 하지만 중학생이었던 당시의 저는, 고대하던 게임을 놓고 나가서 억지로 들어야 했던 1시간 동안의 간절한 권선이 그저 폭력으로 느껴졌을 뿐입니다. 그 후에 다시는 교회에 가지 않게 되었죠.

사람을 변화시킬 수 있는 것은 자신뿐입니다. 우리는 분명하게 이 사실을 기억해야 합니다. 그래야만 진정한 권선을 할 수 있어요. 상대방의 주어진 결정의 권리를 함부로 침해하면 안 됩니다. 그 권리를 존경하는 태도로 아끼는 사람에게 내가 알고 있는 좋은 정보를 건네주는 것, 거기까지가 우리 몫이고 이후의 선택은 그저 그 사람의 몫입니다.

이렇게 권선한다면 그가 어떤 선택을 하든 결과에 상관없이 그와의 관계는 좋아집니다. 그가 선을 따라주어서 스스로 선하게 변화시킨다면 그의 행복에 내가 도움이 된 것이기에 기쁘고 행복합니다. 만약 그가 권선을 받아들이지 않더라도 권선하는 과정에서 보여준 그를 아끼고 존경하는 태도는, 그에게 사랑받는 느낌을 주기 때문에 역시 모두의 행복감을 증진시킵니다.

존경하는 태도敬와 아끼는 태도愛는 이렇게 재복과 인복의 씨앗을 심는 바탕이 됩니다. 경애의 태도를 바탕으로 베풀고 권선하면 삶의 외부적 행복의 조건이 갖추어지는 것이죠. 그리고 이에 더해 경애의 태도는 그 자체로 훌륭한 수행법이기에 내면의 평화를 만드는 씨앗인 심복으로 작용합니다.

붓다는 내면의 평화를 위해서는 자신에게 잘 맞는 수행법을 꾸준히 실천하는 것이 중요하다고 강조했습니다. 수행의 종류는 정말 다양하지만 결국 두 가지 계통의 수행으로 분류할 수 있는데 그것은 지혜 수행과 자비 수행입니다. 지혜 수행은 진리를 꿰뚫는 눈을 훈련하고, 자비 수행은 세상의 모든 존재에게 예외 없이 자비의 마음을 품도록 훈련합니다. 7가지 사랑 연습을 통한 경애의 실천은 바로 자비 수행 계통에 해당하는 수행법이죠.

일상에서 눈동자에 비친 사람들과 사랑하고 사랑받는 경애의 경험을 반복해서 연습한다면 당연히 행복감은 높아지고, 이 행복감은 우리 마음을 행복체질로 바꾸게 됩니다. 행복을 즐기는 데는 더욱 민감해지고, 고통에 대한 면역력은 높아지는 것이죠.

사람은 사랑을 주고받을 때 행복해지며 이것은 경애의 태도에서 드러납니다. 이 사실을 기억하고 삶에서 실천해나간다면 외면의 행복 열매인 재복과 인복 그리고 내면의 행복 열매인 심복을 얼마든지 즐기면서 살아갈 수 있을 것입니다.

경애의 태도를 바탕으로 삶의 행복 농사를 잘 지으셔서 삼복이 풍년인 삶을 살아가시길 바랍니다.

존경하고 아끼는 습관

사람들이 성인에 대해 가지는 흔한 오해 중 하나가 있습니다. 성인은 내면의 행복을 추구했고, 재물에는 관심이 없었을 것이라는 오해가 바로 그것이죠.

하지만 공자孔子는 〈논어論語〉를 통해 이런 고백을 합니다.

"만약 내 뜻대로 재물을 가질 수 있다면 난 마부 일이라도 마다하지 않겠다. 하지만 재물에 관해서는 내 뜻대로 되지 않는다는 것을 알고 있으니 난 내가 잘 할 수 있는 일을 하겠다."

불교의 경우는 〈무소유無所有〉라는 법정法頂 스님의 책 제목이 그 오해를 증폭시켰습니다. 불교를 공부하는 이들은 크게 출가자와 재가자로 구분할 수 있는데, 재물을 많이 소유하지 않는 것은 오직 출가자에게 해당하는 것입니다. 붓다는 재가자에게 부를 유지할 방법, 재물을 잘 쓰는 방법 등에 관한 경제적인 가르침을 적극적으로 주었습니다.

재가자 중 당시의 재벌총수에 해당하는 이들이 다수 있었다는 것은 붓다의 경제적인 조언이 그들에게 큰 도움이 되었다는 증거입니다. 만일 무소유를 모든 이들에게 강조했다면 돈을 중시하는 재벌들이 과연 붓다의 제자로 남을 수 있었을까요?

이런 이야기를 하는 이유는, 현시대에서는 내면의 평화만으로는 온전한 행복을 누리기가 어렵다는 것을 강조하기 위해서입니다. 물론 심복이 가장 중요한 가치인 것은 분명하지만 이와 더불어 재복과 인복을 함께 누릴 때 우리의 삶은 주관적으로도 객관적으로도 멋진 삶이 될 수 있습니다.

복습해보면 재복은 재물을 베푸는 것이고, 인복은 선을 권하는 것이며, 심복은 존경하고 아끼는 것 즉, 경애의 태도입니다. 괴테 Johann Wolfgang von Goethe는 경애의 태도가 얼마나 사람을 위대하고 매력적으로 만드는지를 이렇게 표현합니다.

"타인을 자기 자신처럼 존경할 수 있고, 자기가 하고 싶다고 생각하는 것을 타인에게 할 수 있다면, 그 사람은 참된 사랑을 알고 있는 사람이다. 그리고 세상에 그 이상 가는 사람은 없다."

〈보현행원품〉에서는 만나는 모든 사람이 이미 완전한 부처님임을 알아보기 위한 연습이 제시됩니다. 이는 마더 테레사 Mother Teresa가 언급한 사상과 일맥상통합니다.

"친절한 얼굴, 친절한 눈, 친절한 미소로 사람들을 대하세요. 사람들 한 사람 한 사람은 변장한 예수님입니다."

있는 그대로 사랑받기에 충분한 모든 존재를 사랑할 힘을 회복하기 위해서 〈보현행원품〉에서는 10가지 연습과제가 제시됩니다. 이를 종교적인 색채를 빼고, 삼복을 모두 만들 수 있도록 새롭게 7가지의 사랑 연습으로 구성했습니다.

하나, 눈동자에 비치는 사람을 공경하고 사랑하기

둘, 눈동자에 비치는 사람에게 기쁘게 인사하기

셋, 눈동자에 비치는 사람을 관찰하며 장점 찾기

넷, 눈동자에 비치는 사람의 장점을 감탄하며 칭찬하기

다섯, 눈동자에 비치는 사람에게 작은 것부터 베풀기

여섯, 눈동자에 비치는 사람의 장점을 따라 배우기

일곱, 눈동자에 비치는 사람과 진심으로 축복하기

이 사랑 연습은 누구나 시도할 수 있는 매우 단순한 방법입니다. 하지만 그 효과는 매우 뛰어나죠. 이 7가지 연습을 통해 사람을 존경하고 아끼는 습관이 형성된다면 재복을 누리고, 인복이 생기며, 심복이 수승해집니다. 이러한 사실이 너무나 놀라워 믿지 못할 수도 있습니다.

붓다는 작은 선행이 엄청난 행복을 불러오는 것에 대해 믿음을 가지지 못하는 제자들에게 이렇게 말했습니다.

"아무리 영양분이 많고 맛있는 열매도 그 시작은 작은 씨앗에 불과하다."

습관에 대해 연구하는 학자들도 작은 습관이 삶을 혁신적으로 바꾸는 바탕이 된다는 것을 강조하고 있습니다. 미국 근대 심리학의 대부로 손꼽히는 윌리엄 제임스William James는 이렇게 말했습니다.

"생각이 바뀌면 행동이 바뀌고, 행동이 바뀌면 습관이 바뀌고, 습관이 바뀌면 인격이 바뀌고, 인격이 바뀌면 운명까지도 바뀐다."

행복을 누리기 위한 삼복을 만드는 7가지 사랑 연습을 배우고 단박에 습관이 바뀔 수는 없을 것입니다. 그렇다면 일단 한 생각만이라도 바꿔보는 게 어떨까요? 만약 조금이라도 사랑에 대한 이해와 공감이 생겼다면 사랑 연습을 통해 삶을 행복하게 바꾸겠다는 한 생각만 일으켜보는 거죠.

지금 이 순간에는 그것만으로도 온전하고 충분하고 훌륭합니다. 앞으로 생각이 행동으로 이어질 수 있도록 다양한 정보를 드릴게요. 그럼 그때 다시 마음에 생기는 이해와 공감을 바탕으로 행동을 한번 실천해보고, 이것을 반복하면 결국 습관이 형성될 것입니다. 이렇게 사랑을 주고받는 것이 자연스러운 체질로 바뀌는 것이죠.

만나는 이들을 경애하는 눈빛으로 먼저 인사하고, 관찰하며, 찬탄하고, 베풀며, 배움을 청하고, 축원하는 것이 너무나도 당연해진 이 사람을 만났다고 상상해보세요. 얼마나 매력적일까요? 이 사람과 친구가 되고 싶지 않나요? 이 사람이 어려움에 부닥친다면 도와주고 싶겠죠? 이 사람과 함께 한다면 마음이 기쁘고 행복해질 것이라고 본능적으로 느낄 수 있나요?

사랑이 우리의 삶 그 자체가 될 때까지 기쁘게 사랑 연습을 할 것을 적극적으로 권장합니다. 그 시작은 거창할 필요가 전혀 없

어요. 정보를 듣고 이해하고 공감했다면 한 생각이 바뀐 이 순간,
이미 당신만의 사랑 연습은 시작된 것이니까요.

사랑을 베푸는 연습

사랑 연습은 7가지입니다. 〈보현행원품〉에서는 10가지의 실천 과제가 있었는데 왜 그것을 굳이 7이라는 숫자로 줄였을까요? 감이 오지 않나요?

일주일을 주기로 하루에 한 가지씩 실천할 수 있도록 구성한 이 7가지 사랑 연습을 만약 주 단위로 반복할 수 있다면, 이를 통해 습관을 형성하는 데 큰 도움이 되리라 판단했기 때문입니다.

새로운 일을 처음 시작할 때 대부분의 사람은 어려움을 느낍니다. 이 어려움을 극복하고 쉬워질 때까지 반복하지 못한다면 그 일은 끝끝내 어려운 일로 인식될 가능성이 높아요.

사실 세상에 어려운 일이라는 것은 없습니다. 객관적으로 볼 때 정말 어려워 보이는 일도 누군가는 쉽게 해내는 경우가 많으니까요. 반대로 정말 쉬워 보이는 일도 누군가에게는 매우 어려운 일이기도 합니다.

사실 어려운 일이라는 말보다는 낯선 일이라는 말이 새로운 일에 성공하는데 더 유리한 표현입니다. 어려움은 극복의 대상이기에 본능적으로 부담스럽지만 낯선 것은 그저 익숙해지기만 하면 되기에 한결 쉽게 시도할 수 있으니까요.

낯섦을 극복하고 익숙해지기 위해서는 무엇이 필요할까요?

〈습관의 힘The power of habit〉의 저자 찰스 두히그Charles Duhigg는 이

비밀을 습관으로 풀고 있습니다. 자전거를 처음 탔을 때를 기억하나요? 너무 긴장해서 어깨는 단단히 굳고, 눈동자는 떨리며, 괜히 입술이 바짝바짝 마르던 그 순간이 누구에게나 있을 거예요.

그런데 자전거 타는 것이 어느 정도 익숙해져서 나름의 습관을 형성하고 나면 두 손을 놓고도 자전거를 탈 수 있습니다. 정말 어려웠던 자전거 타기가 이렇게 쉬워진 것은 다름 아닌 습관의 힘 덕분입니다. 사람들이 새해가 시작할 때마다 작심삼일의 실패를 맞봤던 이유는 습관의 고리를 형성하지 못했기 때문이죠.

우리가 하루를 살아가면서 하는 선택의 40% 정도는 습관적으로 이루어진다고 학자들은 말합니다. 습관 고리를 형성하는 방법을 알고, 새로운 습관들을 자유롭게 형성할 수 있게 된다면 자신의 삶을 더 행복하게 바꿀 수 있지 않을까요?

습관이 형성되는 시간은 여러 가지 조건에 따라 가변적이지만 평균적으로 66일 정도라고 합니다. 사랑 연습은 비록 7가지로 나누어져 있지만, 그것은 결국 사랑을 베푸는 연습 하나로 귀결됩니다. 그러니 이 사랑을 베푸는 연습을 70일에서 100일 정도 반복한다면 삶 속에서 사랑을 베풀고 있는 자신을 발견할 수 있게 되지 않을까요? 윌리엄 제임스는 습관의 중요성을 강조했습니다.

"우리 삶을 뒤흔드는 특별한 사건이 없는 한, 우리 삶은 그저 습관 덩어리일 뿐입니다."

우리는 자신이 특별하고 개별적인 존재라고 착각하지만 그저 다양한 습관들이 모여서 만들어진 합성물일 뿐입니다. 물질마다 화학기호가 있듯이 사람들의 습관도 연구만 이루어진다면 화학기호처럼 표현할 수 있겠죠.

H_2O에 O 하나를 더하거나 빼면 완전히 다른 성질을 지닌 물질이 되듯, 우리 삶에서도 선한 습관 하나를 더하거나 나쁜 습관 하나를 빼면 완전히 다른 삶의 행복을 누릴 수 있게 됩니다. 습관의 더하기 빼기 놀이를 주관하는 것은 신도 아니고, 운명도 아니며, 사주도 아니고, 과학도 아닙니다. 이것은 스스로 직접 하는 것이죠.

삶을 이루는 수많은 습관 중 핵심습관은 매우 중요한데, 그 이유는 핵심습관 하나가 변함으로 인해 다양한 연계습관들이 변할 수 있기 때문입니다. 예를 들어 아침에 조깅하는 습관 하나를 들이면 일찍 일어나는 습관, 조깅 중 만나는 낯선 사람들에게 밝게 웃으며 인사하는 습관, 직장에 일찍 출근하는 습관, 커피를 줄이는 습관 등이 줄줄이 사탕처럼 함께 바뀝니다. 그렇기 때문에 핵심습관을 바꾼다는 것은 참 중요합니다.

핵심습관 중에서도 가장 핵심적인 습관은 바로 사랑을 베푸는 것입니다. 자신의 삶뿐 아니라 만나는 이들의 마음을 행복으로 전환하는 마법의 습관이기 때문이죠.

지금부터 사랑 베푸는 습관을 핵심습관으로 물들이도록 이 글을 읽는 당신께 강력히 권합니다. 자신을 스스로 변화시키고, 주변 사람들을 변화시킬 수 있는 원동력이 되는 이 사랑을 베푸는 습관을 들인다면, 그는 자신과 주변인들의 삶을 바꾸는 힘을 가진 사람으로 탈바꿈할 것입니다.

아주 간단한 7가지 사랑 연습입니다. 하루에 하나씩, 매일 매일 사랑을 베푸는 연습을 반복해서 사랑을 주고받는 이 멋진 습관을 당신의 삶에 장착하길 바랍니다. 그 무엇과도 비교할 수 없는 멋진 삶이 펼쳐질 테니까요.

사랑이 주는 선물

먹고 살기 힘든 세상입니다. 특히 청년들이 스스로 밥벌이를 하기 어려운 시대입니다. 부모님과 같이 산다면 문제가 달라지겠지만 혼자 힘으로 살아가려면 3평짜리 쪽방을 벗어나기도 힘들지요. 편의점 도시락을 먹으며 돈을 아껴도 돈은 모이지 않고, 돈이 없어 결혼을 못 한다는 말까지 나오고 있습니다. 그렇기에 먹고 사는 문제를 배제한 채 행복을 논하는 것은 불가능합니다.

데이비드 호킨스 박사는 〈진실 대 거짓〉에서 의식의 발전에 따른 행복과 실업률, 빈곤율, 범죄율의 상관관계를 수십 년에 걸쳐 조사했습니다. 그 결과를 살펴보면 행복과 먹고 사는 문제 간의 유의미한 연결성이 발견됩니다. 의식의 발전에 비례해 주관적 행복감은 상승하고, 이 행복감의 상승에 따라 실업, 빈곤, 범죄가 줄어드는 것이죠. 치열하게 자신의 의식을 발전시켜 행복해지는 것이 잘 먹고 잘 살기 위한 지름길입니다.

그렇다면 잘 먹고 잘 살기 위해 훌륭한 인간관계를 배제할 수 있을까요? 모든 일은 사람에 의해 이루어집니다. 사업 계약서에 사인을 하는 것도, 승진을 결정하는 것도, 성공에 태클을 거는 것도 사람입니다.

데브라 노빌Deborah Norville은 저서 〈리스펙트Power of respect〉를 통해 인간관계의 시작에 관한 중요한 진실을 말합니다.

"존중받는다고 느낄 때 마음의 문이 열린다."

이 책의 서두에는 에스티 로더의 명예 회장인 레오나드 A. 로더 Leonard A. Lauder의 추천사가 실려 있습니다.

"이 놀라운 책은 간단하지만 매우 강력한 진실을 새로운 시각에서 전하고 있다. 그것은 바로 '사업이나 삶에서 성공하고 싶다면 다른 사람을 존중하라.'는 것이다. 존중은 케케묵은 미덕이 아니다. 강력한 성공 수단이다."

인간관계가 껍데기 주변을 맴돌기만 하는 닫힌 관계를 넘어 서로 간에 마음의 속살을 보여주는 열린 관계로 나아가기 위해서 필요한 태도는 바로 이 존중입니다. 존경하고 아끼는 경애심은 인간관계를 기쁘고 풍부하게 만드는 인복의 기초가 되죠.

최근 세계적인 대기업뿐 아니라 한국의 대기업에서도 입사할 때 인성人性을 우선시하고 있습니다. 도대체 왜 인성일까요? 그리고 인성이라는 것이 무엇일까요?

현대 산업의 흐름은 매우 빠르게 변화하고 있고, 수많은 분야가 복잡다단하게 얽혀 있습니다. 그렇기에 이제는 한 사람의 천재보다는 집단지성의 활용이 요구되는 상황입니다. 이전에는 다양한 스펙을 통해 개인의 능력을 평가했다면 이제는 스펙보다는 인성이라는 자질을 통해 그 사람을 평가할 수밖에 없는 상황이 된 것이죠.

사람과 사람이 모여서 집단지성을 이루기 위해서는 상대방과

화합해야 합니다. 무조건 다른 사람의 의견에 동조하는 줏대 없음이 아니라 서로가 다를 수밖에 없는 상황 속에서 그 다름을 인정하고 상대를 존경하며 서로 협력하는 힘이 필수죠.

혼자서 일을 처리하는 특수 분야를 제외한 사회적 활동에서 상대방을 존경하고 아끼는 이 경애의 태도는 가장 크게 요구되는 능력으로 떠올랐습니다. 사람이 사람을 사랑하는 능력이 정말 밥 먹여주는 사회가 된 거예요.

여전히 지구상의 많은 국가는 자본주의 경제체제 흐름 속에 있습니다. 돈이 근본이 되는 자본주의 가치관이 가진 단점을 이미 오랫동안 겪어 왔습니다. 인간보다 돈이 더 중시되는 자본주의 세계관의 선천적 한계이죠.

수많은 학자가 이에 대한 대안적 세계관을 연구하고 있기에 새로운 경제체제가 제시되고, 현재의 체제를 보완하려는 방법이 제시되고 있습니다. 그리고 그 대안적 세계관들을 꿰뚫고 있는 공통점은 바로 사람이 사람을 존중하는 태도입니다. 인간의 가치를 다시 끌어올리는 것이 필수적으로 요구되는 것이죠.

사람이 사람을 사랑할 때 부수적으로 생기는 달콤한 열매들이 있습니다. 사랑을 주고받는 경험 자체가 큰 행복감을 선사하는 것이 사실이지만 1+1의 선물을 받으면 기분이 좋듯, 사랑을 열심히 연습하는 우리에게 주어지는 기분 좋은 선물이 있다는 겁니다. 재복과 인복, 그리고 심복이 바로 그 선물이죠. 사랑하는 태도가 정말 밥을 먹여 주고, 훌륭한 친구를 만들어주며, 마음을 평화롭게 합니다. 사랑의 광대하고 근본적인 힘을 연습한다면 누구나 삼복을 누릴 수 있습니다.

마음에 품고 있는 것이 우리의 현실을 만듭니다. 돈만 사랑하는 아귀가 되면 매일 매일 목이 타는 듯한 갈증만이 우리의 경험을 지배합니다. 그보다는 사람이 사람을 사랑할 수 있는 경애심을 마음에 품어보죠.

돈이 열매라면 재복은 씨앗이고, 재복이 열매라면 베푸는 것이 씨앗입니다. 사람을 아끼고 베풀고 존경하는 태도가 돈이라는 열매를 맺는 원인이라는 것은 부와 행복을 모두 성취한 이들의 공공연한 비밀이에요.

사랑이 밥 먹여주냐고요? 자신 있게 답할 수 있습니다. 사랑이 밥 먹여줍니다!

4장 일곱 가지 사랑 연습

♥

마음준비

　모든 일에는 순서가 있습니다. 물론 그 순서가 절대적인 것은 아니기에 뒤죽박죽 섞여도 일이 안 이루어지는 것은 아니에요. 하지만 기초가 튼튼하고 안정되게 하기 위해서는 순서를 무시할 수 없습니다.

　사랑을 연습함에서도 마찬가지입니다. 기초가 튼튼하지 못한 상태에서 막연하게 다른 존재를 사랑하라고 말하고 실천을 강요하면 크게 두 가지 문제가 발생할 수 있습니다. 첫째는 단발성으로 하는 척하다가 끝날 수 있다는 것, 둘째는 그 하는 척마저 잘못된 방향으로 실천할 가능성이 높다는 것이죠.

　인류의 고귀한 정신세계를 구축한 성인들은 다양한 언어로 사랑을 강조했습니다. 붓다의 경우 '자비'라는 가르침을 제자들에게 자주 주었는데, 특징은 '깨어있음을 기반으로 한 자비' 그리고 '지혜와 결합한 자비'라는 것입니다.

깨어있음이 없는 자비는 시작될 수조차 없고, 지혜 없는 자비는 오지랖으로 흐를 가능성이 농후합니다. 깨어있음이란 원하는 대상에 자발적으로 주의력을 두고 있는 상태입니다. 이성에 대한 사랑에 빠진 사람은 다른 곳이 보이지 않죠? 오직 애인만 보이는데 이것은 자신의 주의력을 빼앗긴 상태이기에 얼빠졌다고 표현합니다.

이러한 상태는 건강한 사랑으로 흐르기보다 탐욕으로 흐를 가능성이 높습니다. 탐욕으로 흐른 사랑은 상대방의 마음을 존중하는 것이 아니라 스스로의 탐욕을 존중하기 때문에 끊임없이 내 마음을 알아달라고, 내 뜻대로 해달라고 상대방에게 떼를 쓰게 되죠. 이러한 탐욕이 채워지지 않을 때는 분노를 동반하게 됩니다. 행동, 말, 생각으로 분노의 불을 상대방에게 내뿜는 것은 사랑이 폭력으로 변질되는 과정입니다. 그리고 그 시작에는 깨어있음의 부재가 있다는 것을 기억하셔야 해요.

지혜가 없는 자비는 무조건적인 사랑을 연습하겠다는 욕심으로 아무에게나 자신이 생각하는 사랑을 베푸는 척하고, 잘못된 일도 감싸주며, 여기저기 막 참견하면서 다니는 행위를 하게 만듭니다. 결국에는 오지랖이 넓다는 평을 받게 되고, 여러 사람을 피곤하게 만들며, 때에 따라 사랑이라는 이유로 피해를 주기도 합니다. 열심히 노력했지만 그 끝이 오지핥이기에 스스로는 지치고, 남들이 알아주지 않아 서운하며, 회의감이 들고, 결국에는 화까지 납니다. 이처럼 지혜가 없는 자비 역시 쌍방 모두에게 폭력으로 변해갈 수 있습니다.

사실 깨어있음과 지혜의 관계는 깊습니다. 붓다는 깨어있음을 왕궁을 지키는 성으로, 지혜는 왕좌에 있는 왕으로 비유했죠. 성 없이 왕좌를 유지할 수 없듯, 왕이 없는 성의 존재는 의미가 없듯, 깨어있음과 지혜는 불가분의 관계라는 것입니다. 이 둘이 부재한 자비가 폭력적인 모습으로 변화하는 것은 우연이 아니죠.

사랑 수업에서는 깨어있음과 지혜가 포함된 사랑을 연습합니다. 책 전체의 내용은 지혜로운 사랑으로 나아갈 수 있는 정보를 담고 있습니다. 그 중 이번 장의 7가지 사랑 연습은 반드시 깨어있음의 힘을 활용해야만 그 실천이 시작됩니다. 깨어있음이 사랑을 연습하는 단단한 기반이 되고, 지혜는 사랑 연습의 방향성을 보여주는 나침반입니다.

공자는 인仁이라는 덕목을 군자의 길에 있어서 가장 중요한 기반으로 손꼽았습니다. 〈논어〉의 이인편里仁篇에서 인을 강조하는 구절이 눈에 띕니다.

"(내가 사는) 인한 마을은 아름답다. 이 인한 마을을 택하지 않는 이를 어찌 지혜롭다 할 수 있을까?"

여기서 마을이란 공간이 아니라 인한 마음 그 자체를 의미합니다. 이 인을 마음에 품고 있는데서 사랑, 지혜 등 모든 행복의 공덕이 뿜어져 나온다는 것을 강조하고 있어요.

인이라는 것이 딱 떨어지는 정의가 없으니 역으로 추적해보겠습니다. 불인不仁이라는 단어는 한의학에서 사용되는데 그것은 마취의 뜻입니다. 즉, 느끼지 못하는 것이 불인하다는 것이죠. 그럼 이를 기준으로 인한 상태의 일면을 예측해보자면 느끼고 있는 상태라고 할 수 있습니다. 다른 곳에 주의력을 빼앗긴 상태에서는 마취된 것처럼 눈앞의 대상도 느끼지 못하는 불인한 상태가 됩니다. 하지만 주의력을 되찾아 깨어있음의 힘이 커질수록 대상을 더욱 잘 느끼게 됩니다. 깨어있음의 힘으로 잘 느끼는 것, 이것이 바로 인한 상태의 일면이 되는 것입니다.

느껴지는 것과 느끼는 것의 차이를 구분할 수 있나요? 예를 들어 애인에게 얼이 빠져서 그를 보고 있으면 이것은 느끼는 것일까요, 느껴지는 것일까요? 이것은 느껴지는 것입니다. 느껴진다는 것은 내 선택이 아니라는 뉘앙스가 담겨 있고, 느낀다는 것은 그 반대겠죠. 주의력을 쓰는가, 빼앗겼는가에 따라 이 두 상태는 구분됩니다.

주의注意라는 단어는 농부가 자신의 논에 물을 대듯, 사람이 대상에 뜻을 대고 있는 것을 보여주는 시각적인 표현입니다. 농부가 물을 자기 뜻대로 대지 못하면 어떤 상황이 벌어질까요? 농사를 망칠 수 있겠죠? 마찬가지로 사람이 주의력을 자기 뜻대로 사용하지 못하면 인생을 망칠 수 있습니다.

농부가 뜻대로 물을 대지 못한다면 누군가 물을 대주기만을 기다려야 하는 입장이 됩니다. 마치 노예가 주인이 품삯을 주기만을 기다리듯 말입니다. 주의력을 내 뜻대로 하지 못하는 이들도 마찬가지예요. 그들은 그저 세상이 내게 행운을 주기를 기다리는 수밖에 없습니다. 이렇듯 주의력을 빼앗겨 노예의 자세가 되는 것이 바로 인생을 망치는 길입니다.

사랑은 사람의 본질입니다. 그리고 그것이 나타날 때는 마음에 품는 것 즉, 사량의 모습으로 나타나죠. 또한 이 사랑을 관계 속에서 쓸 때는 존경과 아끼는 태도를 활용합니다. 우리가 사랑을 연습한다는 것은 본질인 사랑의 원석을 행복의 경험으로 가공하는 과정이에요. 그리고 그 시작이자 가장 중요한 기반이 되는 것은 바로 주의력을 내 뜻대로 활용하는 깨어있는 상태입니다.

주의력을 두는 그것을 우리는 마음에 품게 되고, 우리는 그것만을 경험할 수 있습니다. 주의력을 두고 마음에 품는 순간 그것은 내 삶의 경험으로 현실화되는 것입니다. 그렇기에 삶의 질을 높이고, 방향을 바꾸는데 필요한 핵심 능력은 바로 이 주의력을 뜻대로 사용할 수 있는 힘이죠.

사랑 수업에서 다뤄지는 7가지 사랑 연습은 재복, 인복, 심복을 심을 수 있는 7가지 행동 양식을 습관으로 만드는 과정입니다. 그리고 이 습관은 경애의 태도를 우리에게 선물하죠. 하지만 그 하나하나를 실천하기 위해서는 주의력을 뜻대로 사용하는 힘이 기반이 된다는 것을 기억해야 합니다.

사실 삶의 모든 일에서 주의력을 빼앗긴 상태로는 뜻대로 이루기가 어렵습니다. 노예가 어떻게 자기 뜻대로 삶을 살아갈 수 있을까요? 노예가 주인의 자질을 갖추는 것은 그렇게 복잡한 과정이 아닙니다. 바로 주의력을 내 뜻대로 하는 힘을 회복하는 과정이죠. 삶 속에서 내가 경험할 것을, 내가 선택할 힘을 회복하는 단순한 과정일 뿐입니다.

얼빠진 상태로는 갑자기 닥친 일들을 책임지기 어렵습니다. 왜냐고요? 그것은 세상이 내게 준 시련이지 자신의 선택이 아니라고 생각하기 때문이에요. 이런 남 탓은 사실상 노예의 자세입니다. 노예는 자기 삶에 책임지지 않고 주인 탓을 하는 버릇이 있으니까요.

하지만 얼 차린 상태로 자신의 경험을 선택한 주인은 이제 남 탓, 세상 탓을 하지 않습니다. 자신이 경험하는 현실은 마음에 품고 사랑하는 그것의 반영이라는 것을 철저하게 아는 지혜가 있고, 또한 주의력을 행복을 낳는 원인에 둘 힘을 갖추고 있기 때문이죠. 원하는 씨앗을 심어서 원하는 열매를 거두는, 삶의 주인인 농부는 남 탓을 하지 않습니다.

본격적인 사랑 연습을 시작하기 전에, 당신의 빼앗긴 주의력을 되찾아야 합니다. 되찾은 주의력으로 무엇을 선택해야 하는지에

대한 정보는 경애의 태도를 만드는 7가지 사랑 연습에서 제공할
것입니다.

　행복의 열쇠인 주의력 그리고 사랑 연습이라는 문을 열고 들어
갈 준비가 되셨나요? 당신에게 주어질 사랑의 7가지 문을 기쁜
마음으로 선택해보세요. 그것이 당신 삶을 변화시키는 START 키
가 되어줄 것입니다.

❤ ❤

❤❤ 하나, 눈동자에 비치는 사람을 공경하고 사랑하기

이름표 붙이기

모든 존재를 사랑하기 위한 이 길의 시작은 의외로 간단합니다. 만나는 이들이 이미 사랑받아 마땅한 사랑의 원석이라는 것과 나에게 바라는 것은 단 하나, 사랑을 주고받기를 원한다는 것을 기억하는 것입니다.

세상에 천대받고 싶은 사람은 아무도 없습니다. 그렇기에 우리는 사람을 만날 때마다 '이 사람은 공경과 사랑을 받아 마땅하고, 또한 나에게 공경과 사랑받기를 원하고 있다.'는 사실을 기억하고 주의력을 두어야 합니다.

이를 위해 하나의 재미있는 '이름표 붙이기' 상상을 해보는 것이 도움이 됩니다. 내 눈동자에 비치는 이들의 얼굴에 '사랑받기를 원하는 ○○○', '공경받기를 원하는 ○○○' 등의 이름표를 붙여보는 거예요.

아침에 눈을 뜨고 문을 열고 나가 만나는 가족을 바라볼 때 이름표를 붙여보세요. 사랑받기를 원하는 남편, 사랑받기를 원하는 아내, 사랑받기를 원하는 아들딸. 집에서 나가 누군가를 만나기 전에 이름표를 붙일 준비를 먼저 해보세요. 집주변에서 만나는 이웃 주민, 학교에서 만나는 친구, 직장에서 만나는 동료들에게 이름표를 붙여 봅니다.

　일주일에 하루는 이렇게 아침부터 밤까지 눈동자에 비치는 이들에게 최선을 다해 이름표를 붙여보세요. 이름표를 붙인다는 것 자체가 주의력을 내 뜻대로 쓰는 것이고, 사랑을 주고받겠다고 기억하는 것이며, 사랑의 습관을 들이겠다는 결심입니다. 이렇게 이름표를 붙이는 것을 기억하려는 노력을 마음에 품어 사량하면 할수록 즉, 사랑할수록 사랑 연습의 첫걸음이 되는 기반이 마련됩니다.

　처음 시작할 때는 이름표를 붙일 필요가 있습니다. 안 붙이면 잊어버리게 될 테니까요. 하지만 이름표 붙이기가 습관이 돼서 자동으로 이루어지면 이런 상상은 필요 없어집니다. 그냥 자동으로 기억이 날 테니까요. 내 눈동자에 비친 이 사람은 공경받고 사랑받아 마땅한 사람이라는 것, 나에게 이 사람이 원하는 것은 오직 사랑뿐이라는 것이 분명 기억날 거예요.

언어와 문자는 사람이 만든 문명 중 가장 근간이 되는 중요한 것입니다. 이를 통해 인류는 찬란한 문화유산을 축적할 수 있었죠. 인류는 오랜 시간 언어문자를 통해 소통하고 사유하는 데 익숙해졌습니다. 세상을 인식하고 경험하는데 언어문자에 의지하는 바가 점점 커졌다는 뜻이겠죠. 그 결과 언젠가부터 언어문자는 사람이 만든 도구를 넘어서 사람의 생각을 조종하는 힘을 가지게 되었습니다.

'국화, 국화, 국화', 이 단어를 보는 순간 우리는 각자 다른 국화에 대한 개념을 떠올립니다. 언어가 우리 생각을 불러일으키는 시동 버튼이 되는 거예요.

꽃의 이름을 모르는 한 사람이 꽃 축제에 갔다고 해보죠. 그는 그저 다양한 꽃의 아름다움을 그 자체로 감상하고 있습니다. 그러던 중 누군가가 '이 노란 국화꽃 참 예쁘죠?'라고 말하는 순간 더는 아름다운 꽃을 감상하기 어려워집니다.

국화꽃이라는 이름을 가지기 전에는 있는 그대로의 아름다운 꽃이었는데, 이름을 가지는 순간 개념에 주의력을 빼앗겼으니 이제는 있는 그대로가 아닌 노란색 국화꽃만을 바라보게 되는 것이죠. 언어는 이렇게 생각의 범위를 제한하는 역할을 합니다.

강원도에 있는 불자의 집에 갔을 때의 일입니다. 가족끼리 대화를 나누는 소리를 듣는데 자꾸 공주를 찾더군요.

"공주 어디 갔어? 공주 언제 온대?"

"공주가 누군가요?"

"제 딸이요."

딸 이름이 공주는 아니지만 언젠가부터 공주라는 이름으로 딸을 불렀다고 합니다. 그때부터 정말 딸을 공주처럼 사랑하고 아끼기 시작했다고 하더군요.

인간은 언어를 지배하지만 반대로 언어에 지배당하기도 합니다. 그래서 우리의 삶은 단지 언어를 바꾸는 것만으로도 상당 부분 경험의 질이 달라질 수 있습니다. 공주라고 부르면 공주로 인식되고, 공주로 인식되면 공주로 대하듯 말이죠.

사랑하는 사람, 친구, 가족, 애인, 동료, 지인들의 이름을 바꿔주세요. 그것만으로도 그들에 대한 타화상이 바뀝니다. '사랑받아 마땅한 ○○○' 라고 이름표를 붙이는 순간, 우리의 마음은 사랑모드로 바뀌게 될 테니까요.

이름표를 붙인다는 것은 그 자체로 사랑에 주의력을 기울이는 효과를 만들고, 사랑을 마음에 품는 기능을 합니다. 사람이 사람을 사랑하기로 결심하고, 모든 존재가 사랑받을 자격이 충분하다는 점을 기억하는 것 외에 무엇이 더 필요할까요?

언어문자에 휘둘리는 것이 인간의 마음임을 쿨하게 인정하고 그냥 이 특징을 활용해보세요. 이름표를 붙여서 스스로 그 존재를 사랑하기로 결심할 수밖에 없도록 만들어보세요.

이 이름표가 삶의 행복을 향해 나아가는 통행권이 될 거에요.

첫인상 바꾸기

사람과 사람이 어떤 유형의 관계를 맺을지 결정하는데 시간이 얼마나 걸릴까요? 10분? 1시간?

심리학자들은 3초면 그 유형이 결정된다고 말합니다. 과장처럼 들리기도 하지만 일리 있는 연구 결과입니다. 심리학자들이 보는 3초란 첫인상이 결정되는 시간인데, 대부분의 사람은 첫인상에서 결정된 관념을 깨지 못하고 관계를 이어나가는 경우가 많기 때문이에요.

사실 불교 심리학에서는 이보다 첫인상이 더 빨리 결정됩니다. 1초도 안 되는 몇 찰나면 첫인상이 결정되는 것이죠. 사람이 대상을 인식할 때 본능적으로 호불호를 가르는 시간이 이렇게 짧다는 것입니다. 그리고 이 정보는 첫인상이라는 상相으로 굳어지는데 이 상을 깨지 못하고 관계를 이어나가면 그것은 단단한 고정관념이 되어버리죠.

질기고 끊기 어려운 게 사람의 고정된 관념입니다. 첫인상에서 상대방이 안 좋게 보였으면 이 상은 지속해서 관계에 영향을 미치죠. 그렇기에 첫인상이 어떤가는 인간관계에 매우 중요한 역할을 합니다. 첫인상이 바뀌면 인생이 바뀐다는 말이 결코 비약은 아닐 것입니다.

어떻게 하면 첫인상을 바꿀 수 있을까요? 사람들은 각자 성향이 다 달라서 누군가에게 첫인상이 좋으면 누군가에게는 첫인상이 안 좋을 수도 있습니다. 아주 매력적인 연예인들도 안티가 생기는 것을 막을 수는 없죠. 세상 사람들 모두의 마음에 들 방법이 과연 있을까요?

아마 없을 거예요. 그럼 전략을 바꿔서 호감이 갈 확률이 높은 첫인상으로 바꾸는 방법이 있을까요? 있습니다! 그런데 이 방법은 역설적으로 자신의 첫인상을 바꾸기 위해 노력하는 것이 아닙니다.

사랑을 충분히 받지 못해 사랑을 달라고 떼쓰는 사람은 매력이 없습니다. 반대로 사랑을 베푸는 태도를 가진 사람은 매력적이죠. 현대인의 대다수는 사랑받기를 원하기에 사랑의 빛이 반짝이는 사람에게 매력을 느낍니다.

사랑을 찾아 헤매는 이들에게는 본능적으로 사랑의 빛이 넘치는 사람이 눈에 띕니다. 그리고 그들에게 자동으로 호감을 느끼게 되죠. 돈을 벌고 싶은 사람이 돈 많아 보이는 사람에게 호감을 느끼는 것과 비슷한 원리입니다.

내 눈동자에 비친 사람을 대상으로 내가 느끼는 첫인상을 호감으로 바꾸면 어떻게 될까요? 그들이 나로부터 사랑받고 존중받는 느낌을 받게 되면, 이것이 내 첫인상을 호감형으로 바꾸는 강력한 촉매제 역할을 하게 됩니다.

3초간의 내 첫인상이 누군가에게 나빴다고 해보죠. 그렇더라도 내가 그 사람의 첫인상을 호감으로 받아들이고 지속적인 경애의 태도를 보이면 상대방이 가졌던 나의 첫인상마저도 바꿀 수 있습니다.

사실 첫인상이란 매우 광범위합니다. 어제 만난 사람을 오늘 다시 만난다면 어제 본 인상이 첫인상일까요, 아니면 오늘 다시 만난 그 순간이 첫인상일까요? 사전적인 쓰임은 아마 전자이겠지만 사랑 수업을 연습하는 우리는 만남이 시작되는 그 순간이 항상 첫인상이라고 생각해야 합니다.

이런 방식으로 첫인상을 인식하면 그 인상이 고정관념으로 고착될 가능성이 현격히 줄어듭니다. 언제든 만날 때마다 다시 첫인상이 생기고 얼마든지 변화할 수 있다는 것을 인지하기 때문이죠. 또한 만날 때마다 더욱 멋진 첫인상을 가질 수 있도록 노력하는 동기가 될 수도 있습니다.

누군가와 만나기 전 그 사람도 사랑받고 싶어 하는 존재라는 것을 분명히 기억하고, 만나는 순간 일단 이름표를 붙인다면 그것만으로도 첫인상을 바꿀 수 있습니다.

사랑을 베풀어야겠다는 자각 없이 사람을 만나면 자기 감정에 빠져 슬플 때는 슬프게, 짜증 났을 때는 짜증 나게 상대방의 첫인상을 인식하게 될 것입니다. 하지만 이름표를 붙이고, 사랑을 베풀기로 자각한 후 만나면 이렇게 부정적인 첫인상에 빠지는 것을 방비할 수 있게 되죠.

이름표를 붙여주세요. 그 사람의 첫인상을 바꿀 수 있습니다. 그리고 이것은 내 첫인상도 바꿉니다. 사랑을 주고받는 호감형 인간으로 첫인상이 바뀔 확률이 점점 높아지는 것이죠.

첫인상이 바뀌면 관계가 바뀝니다. 그리고 인간관계가 호감형으로 바뀌는 순간, 우리 삶의 대다수를 차지하는 인간관계 속의 고통이 혁신적으로 줄어듭니다. 사람과 사람 사이에서 사랑을 주고받는 일이 익숙해지고, 서로가 서로에게 사랑의 빛을 반짝이는 사랑스러움이 많아질 때 삶이 행복해지는 것은 당연한 것 아닐까요?

일주일에 하루는 내 눈동자에 비치는 모든 사람을 공경하고 사랑하기 위해 이름표를 붙이며 서로의 첫인상을 바꾸어보세요. 사람을 사랑하는 힘을 회복하기 위한 7계단 중 첫걸음을 지금 당장 시작해보는 게 어떨까요?

둘, 눈동자에 비치는 사람에게 다가가 기쁘게 인사하기

고개 숙여 인사하기

내 눈동자에 비친 사람에게 귀중한 이름표를 붙여 사랑하기로 결심했다면, 이제는 가장 가벼운 실천을 해봐야 합니다. 사람과 사람이 만났을 때 첫 번째로 표현할 수 있는 존경은 바로 인사하는 것입니다.

사람을 만났는데 아무런 표정도 없고, 그냥 멀뚱히 있으면 서로가 참 어색합니다. 상대방은 '이 사람이 날 무시하나?'라는 생각을 할 수도 있죠. 물론 숫기가 없어서 먼저 다가가 인사하지 못하는 것일 수도 있겠지만 만약 그렇다 해도 웃는 표정으로 인사를 대신하거나, 가벼운 묵례는 충분히 가능할 것입니다.

한국에서 사람을 만났을 때 기본 인사는 고개를 꾸벅 숙이는 몸짓을 함께 합니다. 서양에서는 이런 한국의 인사를 의아한 눈빛으로 바라봐요. 고개를 숙인다는 것은 가벼운 인사에 걸맞지 않은 지극한 존경을 표하는 몸짓이기 때문입니다.

미국에서 만행萬行할 때의 일입니다. 사미계를 받은 지 얼마 되지 않았을 때라 군기가 잔뜩 들어있는 상태였죠. 저녁 공양을 하러 식당에 들어갔습니다. 물을 마시니 직원이 잔을 채워줬어요. 무의식적으로 합장하며 고개를 꾸벅 숙여 인사를 하니 직원은 매우 당황하는 눈치였습니다.

이후 물을 마실 때마다 끊임없이 잔을 채워주고, 필요한 것이 있을 때마다 말하지 않아도 가져다주는 등 신경을 써주더군요. 이 모든 호의는 단 한 번의 몸짓에 대한 리액션이었는데 그것은 다름 아닌 물을 따라 줄 때 했던 고개 숙인 합장 인사였습니다.

우리 조상들은 왜 상대방에게 고개를 숙여서 지극한 존경을 표하며 인사를 했을까요? 사람의 본성에 대한 대긍정의 사상이 담겨 있다고 예상해봅니다. 누군가에게 고개를 숙여 인사하는 것은 개인의 인격에 극도의 존경을 표하는 것이기도 하고, 우리가 가진 무한하고 청정한 잠재력인 사랑의 원석에 존경을 표하는 것이기도 합니다.

우리는 모두 이 위대한 사랑의 원석으로 이루어진 존재입니다. 그것을 기억하기 위해 이름표를 붙였고, 그것을 상대에게 표현하기 위해 고개를 숙여 인사하는 것이죠. 이 얼마나 상대를 경애하는 태도인가요?

격에 맞는 인사하기

경애를 표시하기 위해 먼저 다가가 인사하는 것은 매우 중요합니다. 지극한 마음으로 예禮를 표하는 것 자체가 사랑의 원석을 행복의 경험을 뿜어내는 보석으로 가공하는 중요한 과정이기 때문이에요.

인사를 한다는 것은 예를 갖추는 것입니다. 북동아시아의 예에 대한 기준을 세운 사람은 중국의 공자입니다. 본래 공자의 예는 형식보다는 마음이었지만 후대 유교 학자들에 의해 예는 형식화되었지요.

공자는 예를 한 마디로 이렇게 표현했습니다.

"예란 역행逆行하지 않는 것이다."

사람과 사람이 만났을 때 서로 간의 다른 세계관, 문화, 생각 등의 차이를 극복하고 화합하기 위해서는 상황에 걸맞은 예가 필요합니다. 그리고 그 시작은 항상 첫인사부터죠.

소금을 넣어 맛있어진 음식을 처음으로 맛본 한 사람이 있습니다. 이후 그는 항상 음식에 소금을 섞어서 먹기 시작했어요. 음식이 맛있어진 원인이 소금이라고 생각한 것이죠. 하지만 아무리 좋은 것도 과유불급이라 점점 더 짜지는 소금 맛에 그는 결국 맛있는 음식을 더는 즐기지 못하게 되었다고 합니다.

예를 갖추는 것이 중요하다는 교육을 끊임없이 받고 자라난 사람들은 이 예라는 것을 점점 더 형식적으로 받아들이게 됩니다. A라는 사람에게는 이렇게 예를 표해야 하고, B라는 상황에서는 이렇게 해야 한다는 등의 형식이 굳어진 것이죠. 비록 속으로는 '네가 나보다 나은 게 도대체 뭐냐?'라는 생각을 품고 있다 하더라도 상대방을 향해 형식적으로 고개를 숙이는 그 모습이 바로 형식이 굳어진 예의 특징입니다.

이런 모습을 개인적으로는 '예를 밟았다.'고 말하는데, 존경과 아끼는 마음을 표현하는 사랑 연습에서의 예의는 이런 형식이 아닌 마음을 중요시합니다. 마음이 중요하다는 것은 내가 가진 예의에 대한 지식에 주의력을 두는 것이 아니라 상대방에게 주의력을 두는 것이죠. 자녀를 존귀한 부처님으로 바라보는 연습을 하기로 한 부모님이 흔히 하는 실수는 이 지점에서 일어납니다. 형식에만 초점을 맞추고 상대방에게 주의력을 두지 않는 것이죠.

부모님은 자녀를 존경하겠다는 결심을 실천하기 위해 미리 작전을 짭니다. 자녀를 만났을 때 부처님께 절하듯 삼 배를 해야겠다고 다짐하고 이것을 실천하죠. 어느 날 갑자기 아무런 예고도 없이 부모님이 자신에게 절을 3번 한다면 자녀의 입장에서 어떤 기분이 들까요? 매우 당황스러울 것입니다. 만약 이러한 인사를 만날 때마다 한다면? 물론 존경받는 느낌이 들 수도 있겠지만 반대로 불편한 마음이 들 수 있습니다. 그 인사가 형식에 치우쳐 상대방과의 관계를 고려하고 있지 않기 때문이죠.

격에 맞는 예를 갖춘다는 것은 내 생각이 아닌 상대방을 존경하는 것입니다. 어색하지 않게, 자연스럽게, 상대방과의 관계를 역행하지 않게 행동과 말을 하는 것이 바로 예를 갖추는 것입니다. 형식에만 얽매인다면 그것은 예를 갖추는 것이 아닌 내가 생각하는 예를 강요하는 것이 되겠죠.

로마에 가면 로마법을 따르라는 말이 있습니다. 자신의 고집을 바라보는 것이 아닌 상대를 바라볼 때 그를 존경하고 아끼는 태도를 가질 수 있고, 이것이 상대의 마음에 역행하지 않는 자연스러운 예로 이어집니다.

사랑하는 가족과는 포옹하는 스킨십을 추천합니다. 포옹은 무방비 상태로 자신의 몸을 열어 상대와 접촉하는 것인데 이것은 마음이 열리는 데 큰 도움이 되는 몸짓입니다. 사랑을 주고받기 딱 좋은 자세죠.

지인과는 활짝 웃으며 반갑게 두 손을 맞잡는 악수도 좋습니다. 손바닥은 민감한 신체 부위 중 하나예요. 그곳으로 상대방의 따신 체온을 느끼며 그의 마음 상태를 직감적으로 느낄 수 있는 좋은 인사법입니다.

처음 보는 사람에게는 정중하지만 호의적인 태도로 가벼운 묵례를 하거나 눈웃음을 짓는 것도 좋습니다. 마주치는 눈빛 속에서 서로가 공유하고 있는 이 사랑의 원석을 발견할 수 있을 테니까요.

사랑은 두려움에서 벗어날 때 빛을 반짝이기 시작합니다. 상대와 자신의 사랑 원석을 빛내기 위해서 먼저 용기 내보세요. 한 발짝 다가가 기쁘게 인사해보세요. 다만 너무 어색하지 않은 방법으로 격에 맞게요. 지극히 개인적인 시대에 이 단순한 태도만으로도 당신의 사랑 빛은 반짝이기 시작할 거예요.

♥

겉 매력과 속 매력

사람들이 많이 모이는 곳에 가면 은연중에 그 모임을 리드하는 사람이 생기기 마련입니다. 이들의 특징은 무엇일까요?

모임 속에서 사람들을 리드하는 이들은 먼저 다가가 인사합니다. 또한 적응하지 못하는 사람들을 찾아가 다른 사람들에게 소개해주는 역할을 하죠. 잠깐의 만남 동안 서로 간의 관계를 연결해주는 용기를 적극적으로 활용하는 그 사람이 바로 리더가 됩니다.

모임 속에서 사람들을 배려하며 서로 간의 인연을 만들어주는 활력이 있는 사람과 분위기에 적응하지 못해 구석을 찾는 사람, 누가 더 매력적인가요?

굉장한 미녀와 커플이 된 개그맨들이 많습니다. 그들에게 미녀의 마음을 얻는 방법을 물어보면 한결같이 이렇게 대답합니다.

"용기 있게 먼저 다가가면 됩니다."

많은 현대인은 마음에 애정결핍이 있습니다. 그리고 이 결핍은 삶 속에서 자주 외로움을 경험하도록 하는데, 이런 경우 자신에게 다가와 외로움을 씻어줄 수 있는 사람을 찾곤 합니다. 애정결핍을 치유할 가장 좋은 방법은 백마 탄 왕자를 기다리듯 사랑을 줄 사람을 기다리기보다는 스스로 다가가 사랑을 베푸는 연습을 하는 것입니다.

대부분의 사람은 아직 두려움을 마음에 품고 있기에 이런 용기 있는 적극성을 보여주지 못합니다. 그래서 마냥 기다리기를 선택하죠. 하지만 사랑 연습을 하기로 결심한 이들은 자신의 두려움을 용기로 전환해 그들에게 먼저 다가가 사랑을 베푸는 백마 탄 왕자가 될 수 있습니다.

사실 개그맨이라는 직업은 용기가 많이 필요합니다. 대중들 앞에서 자신의 모습이 망가지는 것을 감수하며 웃음을 적극적으로 이끌어내야 하는 직업이니까요. 두려움에 빠진 이들이 과연 사람들 앞에 설 수 있을까요? 두려움에 빠진 이들이 자신을 망가뜨려 상대를 웃게 만들 수 있을까요?

서로를 잘 모를 때는 외모, 학연, 지연, 스펙 등 다양한 조건이 중요할 수 있습니다. 아직 가깝지 않기 때문에 인간이 가진 본연의 매력보다는 머리로 따지는 그런 숫자 정보가 더 중요한 것이죠. 특히 요즘은 겉모습에만 치중하는 문화가 있기 때문에 그 정도가 더합니다.

하지만 서로가 가까워질수록 외면보다는 사람이 가진 따뜻한 체온과 마음의 빛깔들이 중요해지기 시작합니다. 빛 좋은 개살구가 멀리서 볼 때는 좋아 보이지만 가까이 다가가면 허울뿐이란 사실을 알게 되니까요.

반대로 '솥이 검다고 밥까지 검으랴.'는 말처럼 겉모습과 외부적 조건은 어떠할지 모르나 그 내면의 사랑 빛은 엄청난 광휘를 가진 따뜻한 사람들이 있습니다. 외부적인 조건도 물론 중요합니다. 그것도 역시 그 사람의 인격을 나타내는 지표가 될 수 있으니까요. 하지만 겉모습이 전부는 결코 아닙니다.

디자이너 앙드레김은 특이한 말투로 '엘레강스하다'는 표현을 자주 썼고 유행으로 만들었습니다. '우아하다'로 직역되는 이 엘레강스elegance의 본뜻은 무엇일까요? 패션 관련 강연에서 엘레강스에 대해 이렇게 말하더군요.

"엘레강스란 불필요한 요소를 모두 제거한 상태를 뜻합니다."

두려움에 빠져 속 빈 강정 같은 사람들은 자신의 매력에 자신감이 없어 겉에 덕지덕지 무엇인가를 많이 투자합니다. 엘레강스하지 않죠. 우리가 매력적으로 변하는 모습은 이 방향성이 아닙니다. 그것보다는 사람에게 먼저 다가가 사랑을 베푸는 내면의 힘이 더욱 중요합니다.

내면에 용기를 품고 있는 존재는 겉모습에 목메지 않습니다. 그렇기에 오히려 간명해질 수 있고 우아해질 수 있죠. 화려하지는 않지만 담백하고 깔끔한 겉모습을 한 사람이 마음까지도 따뜻한 사랑을 품고 있다면 얼마나 매력적일까요?

명품 가방, 명품 차 하나를 사는데 필요한 노력보다 먼저 다가가 격에 맞는 인사를 용기 있게 하는 연습이 훨씬 더 쉽고 가치 있습니다. 이 연습은 더욱 매력적인 사람이 되게 하고, 행복의 유효기간도 더 길게 만들어줍니다.

명품 가방, 명품 차를 통한 매력은 시간이 지나면 끝나지만, 사람에게 다가가 사랑을 베푸는 매력은 평생 유효합니다. 불교적 세계관에서는 심지어 이 공덕이 세세생생 이어집니다. 겉 매력과 속 매력, 당신이 선택할 매력 전략은 무엇인가요?

일주일에 하루는 내 눈동자에 비치는 사람에게 먼저 다가가 기쁘게 인사하는 방법으로 경애를 표현해보세요. 이런 표현이 사랑의 빛을 활성화하는 것은 물론이고, 당신의 매력을 더욱 돋보이게 할 거예요. 사람을 사랑하는 힘을 회복하기 위한 7계단 중 두 번째 걸음을 시작할 마음이 충분히 준비되셨나요?

♥ ♥ ♥

♥♥ 셋, 눈동자에 비치는 사람을 관찰하며 장점 찾기

의식의 달팽이 집

2,600여 년 전 언급된 붓다의 공간적 세계관은 현대 우주 과학을 교육받은 이들에게 묘한 동질감을 선사합니다. 간단히 설명해 보자면 이 세계의 중심에는 수미산이 자리 잡고 있고, 수미산을 중심으로 8개의 바다와 8개의 산이 둘러싸고 있습니다. 가장 바깥쪽 바다에는 4개의 섬이 있는데 그 중 남쪽에 위치한 섬부주라는 섬이 지금 우리 인간들이 사는 세상이죠.

이 구조가 기본적인 하나의 세계를 이루는데, 마치 태양을 중심으로 공전하고 있는 여러 행성의 무리인 태양계의 구조와 비슷하다는 느낌을 지울 수 없습니다.

동질감은 여기서 끝나지 않습니다. 이러한 기본 세계가 1,000개 모이면 소천 세계라고 하고, 소천 세계가 1,000개 모이면 중천 세계, 중천 세계가 1,000개 모이면 대천 세계라고 말하죠. 대천 세계는 1,000이 세 번 중첩되었기에 다른 별명으로 삼천대천 세계라 부르기도 합니다.

현대 우주 과학은 우리 태양계와 같은 것이 수억 개 모이면 은

하계를 이룬다고 말합니다. 그리고 이런 은하계 수억 개가 모이면 은하단을 이룬다고 말하죠. 또한 은하단 수억 개가 모이면 하나의 우주를 이루는데, 이런 우주가 무한히 존재한다는 가설까지 발표하고 있습니다. 어떤가요? 그 구조가 묘하게 닮지 않았나요?

삼천대천 세계에는 1명의 붓다가 존재한다고 합니다. 그리고 붓다는 무한히 존재한다고 하니 사실상 무한한 삼천대천 세계가 존재한다는 것이 불교의 공간적 세계관이죠. 무한한 세계와 무한한 붓다, 과연 어디에 있을까요?

불교의 세계관은 시대의 요구에 따라 끊임없이 발전해왔는데 가장 정교한 철학 체계를 갖추고 있는 것은 화엄 철학입니다.

〈대방광불화엄경大方廣佛華嚴經〉이라는 경전을 중심으로 발전한 이 철학에서는 무한한 세계, 무한한 붓다가 도대체 어디에 존재하는지 그 진의를 분명하게 밝히고 있습니다.

우리는 모두 같은 공간에서 살아간다고 생각합니다. 지구, 한국이라는 공간을 공유하고 있다는 생각이죠. 하지만 앞서 언급한 바와 같이 우리는 사실 공간에서 살아가고 있지 않습니다. 우리는 오직 의식 속에서만 살아갈 수 있습니다. 의식이 변하지 않는 한 판잣집에서 펜트하우스로 이사를 하더라도 경험의 질은 크게 변화하지 않습니다.

한 공간에서 일어난 사고를 동시에 겪은 100명의 사람이 있을 때, 누군가는 두려워 그곳에 가지도 못하지만 다른 누군가는 용기로 극복하고 괜찮아집니다. 한 사건에 대한 느낌이 모두 다른 것은 각자의 의식을 필터로 세계를 해석해 경험하기 때문이죠. 인간의 세계관은 일종의 프레임frame이고, 이 프레임의 모양과 색깔에 따라 바라보는 세상이 달라집니다.

우리는 모두 자기만의 삼천대천 세계를 달팽이가 달팽이 집을 짊어지듯 메고 다닙니다. 그리고 그 세계를 바라보는 자신의 의식 즉, 프레임에 따라 다른 경험을 하고 살아가죠. 주의력을 두고 사랑한다는 것은 바로 이 달팽이 집에 무엇을 집어넣고 살아가는지를 말하고 있는 것입니다.

두려움에 물든 달팽이 집을 메고 다니는 이는 대부분의 일이 두렵게 경험될 확률이 높습니다. 반대로 평화로움에 물든 달팽이 집을 메고 다니는 이는 웬만한 일은 그저 평화롭게 경험되죠. 세상이 두려운 것이 아니라 내가 두려움의 의식에 사는 것이고, 세상이 평화로운 것이 아니라 내가 평화로움의 의식에 사는 것입니다. 그러니 두려움에서 이제 그만 벗어나고 싶다면 두려움의 의식에서 평화로움의 의식으로 이사를 가면 그만입니다.

무한한 세계는 멀리 있지 않습니다. 우리가 모두 삼천대천 세계를 하나씩 짊어지고 있기 때문에 무한한 존재에게 무한한 세계가 있는 것입니다. 흥미로운 것은 그 삼천대천 세계마다 1명의 붓다가 존재한다고 했으니 우리는 모두 온전한 붓다라는 것이죠.

우리는 모두 붓다

붓다, 부처라는 말은 깨어난 존재라는 뜻입니다. 진정으로 행복하고자 한다면 빼앗긴 주의력을 되찾아 존재의 꿈에서 점점 더 깨어나는 길을 향해 의식의 발전을 이뤄야 합니다. 이것이 인간 완성의 길이고, 행복의 길입니다.

우리는 모두 이미 온전한 붓다입니다. 붓다가 되기 위해 없는 것을 새롭게 얻어야 하는 것은 아닙니다. 만화 〈드래곤볼Dragon Ball〉에서는 7개의 드래곤볼을 모으면 소원을 하나 이루어줍니다. 이 드래곤볼을 불교 문화에서는 여의보주如意寶珠라고 합니다. 뜻한 대로 이루어주는 보물 구슬이라는 뜻이죠.

우리가 이미 온전한 붓다인 것은 바로 이 여의보주를 이미 가지고 있기 때문입니다. 양자의 비밀을 기억하고 있나요? 양자는 빛과 물질 무엇으로도 변화할 수 있는 능력이 있었죠. 또한 뒷부분에서 언급하겠지만 이 양자는 세상의 모든 정보를 다 알고 있다고 합니다. 무엇이든 알고, 무엇으로도 변화할 수 있는 전지전능全知全能의 잠재력을 가진 양자라는 여의보주로 이루어진 보물 상자가 바로 우리입니다.

주의력을 두는 대상이 삶의 경험이 된다는 것, 마음에 품은 대로 삶이 바뀌는 것이 가능한 이유는 우리가 이미 여의보주이기 때문입니다. 다만 여의보주의 힘이 아직은 잠재력으로 숨어있기 때문에 보물상자를 여는 열쇠인 주의력을 훈련하는 방법을 배워야 합니다. 거지로 살던 왕자가 왕자임을 인정하고, 왕자로서의 권리를 활용하기 위해서는 왕자교육이 필요하니까요. 그래서 〈드래곤볼〉에서는 이 여의보주를 7개 모으는 모험의 과정이 언급되어 있는 것입니다.

우리가 무엇인가를 마음에 품고 사랑하기 위해서는 반드시 주의력을 그 대상에 둬야 합니다. 주의력이 없으면 대상은 삶의 경험 속으로 들어올 수 없죠. 그렇기에 빼앗긴 주의력을 되찾아 주인이 된다면 우리는 삶의 온전한 주인 자리를 회복할 수 있습니다. 자신의 역할을 잊어버리고 화장실 청소만 하던 이가 정신을 차리고 배의 선장 자리로 돌아와 여행의 방향을 결정할 수 있는 권리를 회복하는 것이죠.

우리는 이미 주의력을 쓰며 밥을 먹고, 움직이며, 일을 하고 있습니다. 다만 주의력이 삶을 바꾸는 열쇠라는 점을 몰랐기에 그 힘을 적극적으로 활용하고 회복하지 않았을 뿐이죠. 이제 우리는 삶을 행복하게 바꾸는 비밀의 열쇠를 찾았습니다. 본래 이 세계의 주인으로서 주어진 권리를 회복할 방법을 알았습니다.

나는 내 세계 속의 주인이고, 붓다이며, 사랑의 힘으로 무엇으로든 변할 수 있는 무한한 잠재력을 지닌 존재입니다. 내 눈앞에 보이는 사람 역시 그 사람의 세계 속 주인이고, 붓다이며, 사랑의 힘으로 무엇으로든 변할 수 있는 무한한 잠재력을 지닌 존재입니다. 이것만으로도 나를, 타인을, 모든 이를 존경할 수 있는 근거가 되지 않나요?

주의력의 초점을 이 근거에 맞추고 눈동자에 비친 모든 붓다를 관찰해보세요. 그가 존경받아 마땅한 붓다임을 눈치채는 만큼 즉, 타화상이 높아지는 만큼 우리들의 자화상 역시 회복될 테니까요.

자존감을 높이는 가장 훌륭한 방법은 바로 다른 사람을 존경하고 아끼는 것 즉, 사랑을 베푸는 것임을 분명히 기억하고, 이미 온전하고 사랑받아 마땅한 붓다로서의 자기 이미지를 되찾으시길 바랍니다.

어떻게 바라보고 있나요?

영화 〈아바타〉에서 사랑한다는 표현을 'I SEE YOU'로 한다고 앞서 이야기했습니다. 우리는 눈동자에 비친 무수한 사람을 보고 살아갑니다. 'I SEE YOU'가 정말 사랑한다는 표현이라면 우리는 이미 모든 사람을 사랑하고 있는 걸까요?

현대 한국사회에서는 비난하는 것을 보고 듣는 것이 어렵지 않습니다. 누군가를 비난해서 웃기려 하고, 돈을 벌려고 하며, 이기려고 합니다. 서로 비난하는 것이 익숙해진 이유를 단순하게 생각해보면, 눈동자에 비친 사람들을 귀하게 여기지 않기 때문입니다. 즉, 타화상이 낮은 것이죠.

그럼 타화상은 왜 낮아졌을까요? 돼지 눈에는 모든 것이 돼지로 보인다는 진리를 기억하나요? 심리학적으로 타화상이 낮은 이유는 그 순간 자신의 비천한 자화상을 상대방에게 투사投射하기 때문입니다. 즉, 자화상이 낮은 것이 근본적인 이유죠.

자화상이 높아지는 데 필요한 것은 단 하나로, 충분히 사랑을 주고받는 것입니다. 그렇기에 자화상이 낮은 이유는 단 하나, 사랑이 부족하기 때문입니다. 존경을 받아 본 경험이 적은 존재는 자기 스스로를 존귀하게 판단할 근거가 부족하기에 다른 존재 역시 존귀하지 않다고 여길 수밖에 없죠.

비난에 자주 노출되면 비난 자체가 습관이 됩니다. 그럼 다른 사람의 단점을 찾으라고 할 때 귀신같이 찾아낼 수 있죠. 우리가 눈앞의 사람을 바라볼 때 단점에 초점을 맞추는 습관은 상대를 무시하고 비난하도록 주의력을 두는 것이니까요.

단점에 초점을 맞추는 습관을 개선하기 위해서는 그 사람도 존 귀한 존재임을 기억하는 이름표 붙이기, 먼저 용기 내 다가가 예를 갖추어 인사하기라는 사랑 연습이 필요합니다. 그것만으로도 이미 단점에 맞추어진 주의력을 거두어들일 수 있지요. 하지만 거두어진 초점을 곧바로 하나로 집중시킬 수 있는 것은 아닙니다. 이때 필요한 것이 바로 장점에 초점을 맞추고 관찰하는 사랑 연습입니다.

귀한 인연으로 만난 사람들과의 관계 속 경험이 원한으로 나아갈지, 은혜로 나아갈지는 그 사람의 어떤 측면에 초점을 맞출지에 따라 결정됩니다. 첫인상 역시 마찬가지고 이후의 타화상 역시 마찬가지입니다. 단점을 볼 것인가? 장점을 볼 것인가?

사실 누군가를 사랑한다는 것, 특히 이성과의 강렬한 감정적 사랑은 '콩깍지 씜'을 동반합니다. 다른 사람이 다 단점으로 보는 점까지도 긍정적으로 사랑스럽게 볼 수 있는 힘이 바로 사랑이죠. 사랑하는 이의 장점을 찾아보라고 하면 아마 100가지도 넘게 찾아낼 수 있지 않을까요? 이것이 바로 사랑입니다.

'나는 당신을 바라봅니다.'라는 사랑 고백의 뜻은 당신의 단점이 아닌 장점을 바라본다고 해석해도 괜찮습니다. 이것이 사랑의 눈을 가지는 시작이니까요. 하지만 사랑의 눈이 더 강해지면 이것보다 한 단계 더 나아간 지혜가 생겨납니다.

화를 잘 내고 소심한 것은 장점일까요, 단점일까요? 이 두 가지는 장점도 단점도 아닌 그저 특징일 뿐입니다. 보는 사람의 취향에 따라, 시대의 문화에 따라 장점으로도 단점으로도 변화되는 그의 특징일 뿐입니다.

화를 잘 낸다면 에너지가 넘치니 좋고, 소심하다면 꼼꼼해서 좋은 것이죠. 이렇게 남들이 단점이라고 생각하는 것을 장점으로 바꿔서 볼 수 있는 힘은 한마음을 돌리는 것뿐입니다. 이 지혜가 내포될 때 사랑은 무조건적으로 변하기 시작하죠.

사랑의 눈이 여기서 더 깊어지면 한마음 돌리는 것조차 필요 없어집니다. 불같이 화내는 것도 그냥 있는 그대로 아무 문제가 없는 것이죠. 어떤 말로 꾸밀 필요도 없고, 더 바라는 것이 아무것도 없습니다. 그냥 존재 그 자체로 좋고, 사랑할 수 있는 힘이 생깁니다.

이것이 진정한 무조건적인 사랑이고, 이렇게 되는 순간 더는 사랑을 주고받는데 대상의 특징은 중요하지 않게 됩니다. 이미 사랑의 빛이 주는 경험 자체를 사랑하기 시작했기 때문에 대상에 상관없이 사랑을 빛낼 수 있게 되었으니까요.

정리하자면 단점을 보는 것에서 장점을 보는 것으로의 전환, 이것은 사랑을 달라고 때만 쓰던 이가 조건적일지라도 사랑을 베풀기 위한 기본입니다. 한 단계 더 나아가 단점과 장점이 아닌 그것을 특징으로 보는 사랑의 눈은 무조건적인 사랑의 시작이죠. 대상과 상관없이 경험 그 자체를 사랑하게 되는 것은 무조건적인 사랑이 무르익었다는 증거이고, 이 상태에서는 눈동자에 비친 그 사람의 특징이나 인격이 아닌 그 사람과 나의 본질인 사랑의 원석을 바라보고 있는 것입니다.

　단점 보기, 장점 보기, 특징 보기, 본질 보기. 요즘 당신은 눈동자에 비친 사람들을 어떻게 바라보고 있나요?

❤ ❤ ❤ ❤

사랑의 향기

사랑을 쓸 줄 모르는 사람은 결코 알 수 없는 비밀이 있습니다. '눈동자에 비친 사람을 사랑으로 바라본다는 건, 그 순간 나의 모든 것을 그 사람에게 바친다.'는 의미라는 것이 바로 그 비밀입니다. 우리의 삶은 주의력이라는 원인과 그것이 만들어내는 경험이라는 결과로 이루어져 있습니다. 주의력을 두는 것만을 우리는 경험할 수 있기에, 주의력은 내가 가진 전부입니다.

그래서 누군가를 사랑하기 위해 주의력을 준다는 것은 내 삶을 바치는 행위입니다. 그에게 주의력을 두고 관찰하는 순간, 우리는 삶의 모든 여력을 바쳐 그 사람을 사량하는 것입니다. 비록 단 한순간이지만 다른 것은 쳐다보지도 않고, 오직 마음에 품고 있는 사랑하는 그 사람을 경험할 뿐이죠. 세상에 이보다 더한 지고지순至高至純이 어디 있을까요?

인간은 본래 지극히 고상하고 순수합니다. 다만 그 대상을 바라보는 안목이 행복의 방향과 틀어져 있기에 고통스러운 것입니다. 두려움만을 바라보고, 분노만을 바라보면 그 결과물인 불행감을 스스로 책임져야 해요.

자신이 살아가는 세상의 주인인 우리 각자는 원하는 경험을 100% 선택할 수 있습니다. 이미 원하는 경험을 선택하며 살아가고 있죠. 세상의 모든 일은 완벽한 타이밍에 일어나기에 우연이란 없습니다. 내 삶은 오직 내 선택에 의한 결과물일 뿐입니다.

사랑을 쓸 줄 안다는 것은 경험을 선택할 줄 안다는 것과 일맥상통합니다. 사람은 사랑의 원석으로 이루어져 있고, 사랑은 무엇이든 현실로 만드는 힘이 있기에 올바른 선택을 할 줄만 안다면 우리는 원하는 결과를 도출해낼 수 있습니다. 행복한 삶을 누리지 못한다는 것은 무엇이든 될 수 있는 존재가 깨어있지 못함을 원인으로, 습관의 벽과 두려움의 감옥에 갇혀 무한의 힘을 버리기로 선택한 것이죠.

인간은 본래 존귀하고, 당연히 사랑받아야 합니다. 무조건 세상의 모든 존재를 사랑하며 지극한 행복을 누리는 것이 자연스러운 일입니다. '아프다, 고통스럽다, 힘들다'라고 울부짖는 상황은 무지가 만들어낸 모순일 뿐입니다.

인도의 성자 샨티데바Shantideva는 〈입보살행론入菩薩行論〉에서 이렇게 말합니다.

"모든 존재는 행복의 열매를 얻기를 바란다. 하지만 보통 사람들은 고통의 씨앗을 사랑하여 자신의 행복을 원수처럼 스스로 부숴버린다."

두려움 부류의 감정은 고통의 씨앗입니다. 사랑 부류의 감정은 행복의 씨앗입니다. 씨앗이 맺는 열매를 분명히 파악한 후 주의력을 둘 곳을 선택해보세요. 그것이 행복한 삶을 위한 과정 전부입니다. 정말 단순하죠?

사람이 사람답게 살기 위해서, 마땅한 행복을 누리는 데 필요한 것은 사랑을 주고받는 것뿐입니다. 눈동자에 비친 그 사람과 나는 사랑의 원석을 부모로 둔 형제입니다. 다음과 같은 말을 남긴 것으로 보아 괴테는 이러한 사실을 잘 알고 있었던 듯합니다.

"우리는 어디서 태어났는가? 사랑에서. 우리는 어떻게 멸망하는가? 사랑이 없으면. 우리는 무엇으로 자기를 극복하는가? 사랑에 의해서. 우리를 울리는 것은 무엇인가? 사랑. 우리를 항상 결합하는 것은 무엇인가? 사랑."

단점만 바라보고 있었다면 장점을 관찰하기로 결심하고, 이미 장점을 바라보고 있다면 있는 그대로의 상대방을 관찰하고 사랑하기로 결심해보세요. 이 결심이 원동력이 되어 사랑으로 이루어진 초의 심지에 불을 붙여줄 테니까요. 이 사랑 초는 세상의 어떤 향보다도 향기로워서 당신의 몸과 마음에서 풍기는 사랑의 향기가 상대방 마음속 사랑 초에도 불을 붙이는 힘이 될 거예요.

행복해지고 싶나요? 일주일 중 하루는 내 눈동자에 비치는 사람의 장점을 관찰해보세요. 이것만으로도 충분한 경애의 연습이니까요. 당신의 주의력 초점을 사랑에 맞춰보세요.

주의력 돋보기의 초점이 사랑에 맞춰지는 순간, 당신의 삶과 세상에 풍길 사랑의 향기가 얼마나 근사할지 벌써 기대됩니다. 사람을 사랑하는 힘을 회복하기 위한 7계단 중 세 번째 걸음을 오늘 당장 시작해볼까요?

넷, 눈동자에 비치는 사람의
장점을 감탄하며 칭찬하기

말하지 않으면 몰라요

초등학교 6학년 운동회 때의 기억입니다. 대부분 종목에서 1등을 해서 손바닥에는 1등 도장이 가득 했죠. 하지만 13살 어린 제게는 1등 도장을 자랑할 부모님이 그 자리에 없었습니다. 운동회에 참석하기로 약속했던 부모님은 갑자기 밀려든 주문을 소화하기 위해 장사를 계속하셨던 거예요.

운동회가 다 끝난 후 헐레벌떡 도착한 부모님 앞에서 저는 참 유치한 행동을 했습니다. 늦어서 미안하다고 말하는 부모님 앞에서 이를 악물고 손바닥 가득 채워진 1등 도장을 보란 듯이 지워버렸어요. 그런 모습을 바라보는 부모님의 눈시울도, 칭찬에 배고파 떼쓰던 제 눈시울도 붉어졌던 순간이었습니다.

부모님은 칭찬에 참 인색했습니다. 학기마다 1등을 해서 상장을 잔뜩 가져가도 칭찬다운 칭찬을 받아본 적이 없었어요. 다른 부모님들은 상장 하나만 받아가도 호들갑을 떨며 자랑하는 모습과 대조되었기에 어릴 적 마음에는 사랑받지 못한다는 느낌을 지울 수 없었습니다.

고백하자면 사랑 수업을 쓰고 있는 저도 칭찬을 못 하는 편입니다. 특히 근거 없는 칭찬은 거의 불가능하게 생각했죠. 칭찬이 습관이 되어 실천하기가 너무나 쉬운 누군가에게는 이름표 붙이기, 다가가 인사하기, 장점 관찰하기 등의 복잡한 과정이 필요 없을지도 모릅니다. 그냥 자연스럽고 쉽게 감탄하며 칭찬할 수 있을 테니까요. 하지만 저 자신이 그게 잘 안 되는 사람이라, 찬탄을 잘 못 하는 사람 입장에서 방법을 고안한 것이 사랑 수업입니다.

사랑 연습을 통해 사랑을 베푸는 방법을 연구하고 실천하면서 스스로 먼저 적용해보니 제게는 관찰의 과정이 특히 중요했습니다. 그리고 그 과정에서 내가 왜 칭찬을 잘 못 하는지 궁금증이 생겼습니다. 다른 복합적인 원인이 많겠지만 그중 하나는 바로 어렸을 적 경험했던 부모님의 태도였던 것 같습니다. 칭찬에 인색했던 그 모습을 닮아갔던 거죠.

얼마 전 부모님이 여권을 만들러 갔을 때의 일입니다. 처음으로 해외성지순례를 하기 위해 마음 먹고 두 분이 여권과에 가셨는데 큰 장애물에 봉착했습니다. 여권과 직원이 서류 한 장을 주면서 여권에 기록될 이름을 영문으로 정확히 적어달라는 요청을 한 거예요.

영어에 자신이 없었던 부모님은 그 서류를 그냥 들고 오셨습니다. 나중에 부친은 '그 말을 듣는데 갑자기 가슴이 울렁거리고 눈시울이 뜨거워져서 밖에 나가 혼자서 많이 울었어요.'라고 말씀

하시더군요. 처음으로 공부하지 않았던 자신의 과거가 후회되었다면서.

부친이 초등학교를 졸업하고 중학교 시험을 볼 때의 일입니다. 성적이 좋지 않은 부친에게 선생님은 가장 안 좋은 학교에 시험을 보라고 권했대요. 부친은 성질이 나서 그 당시 지역에서 커트라인이 가장 높은 중학교에 입학원서를 냈고 합격통지서를 받았다고 합니다. 하지만 부친은 그 통지서를 딱지 접어서 버렸다고 해요. 왜 그랬을까요?

아마도 부친 역시 칭찬받지 못한 어린 시절을 보냈을 것입니다. 큰 형에게 집중된 부모님의 사랑과 지원 속에서, 사고 치는 아들에게 부모님의 관심은 적었을 테니까요. 그렇게 사랑받지 못해 상처받은 한 아이의 선택이 삶을 바꾸었을 것입니다.

부친은 부모님에게 칭찬받지 못했기에 합격통지서를 찢었습니다. 그리고 어른이 된 후 그의 아들을 충분히 칭찬하지 못했죠. 그의 아들인 전, 1등 도장을 지워버렸습니다. 그리고 사람들에게 칭찬을 잘하지 못하는 태도를 가지게 되었죠. 유산처럼 상속된 이 무형의 연결 고리가 눈에 보이나요?

몇 해 전 초코과자 CM송이 큰 인기를 끌었는데 그 가사는 이렇습니다.

"말하지 않아도 알아요."

과연 그럴까요? 말하지 않으면 모릅니다. 대부분의 사람은 눈앞의 사람이 말하지 않는 마음을 결코 모릅니다. 말하지 않으면 오해만 쌓여갈 뿐이죠. 그러니 사랑을 주고받기 위해서는 표현하는 것이 필수입니다.

출가하기 전까지 저는 부모님에게 사랑받지 못했다고 생각했습니다. 그런데 출가 후 속가 집에 들렀을 때 우연히 사진첩에 끼워져 있는 수많은 코팅된 상장을 발견했습니다. 겉으로는 칭찬 한 번 해주지 못했던 그 상들을 코팅해서 귀하게 모셔두고 자랑스러워 하셨던 거예요.

수행자가 되어 마음공부를 해나가자 사람을 이해하게 되었고, 사랑을 이해하기 시작했습니다. 그리고 이제는 부모님의 사랑이 이해됩니다. 그리고 정말 많은 부모님이 이런 유형의 사랑을 마음에 품고 있다는 사실 역시 확인할 수 있었어요.

"말하지 않으면 몰라요."

사랑한다면 최선을 다해서 칭찬하세요. 노력해서라도 칭찬하세요. 앞선 사랑 연습의 기본기를 통해 눈동자에 비친 그 사람의 장점을 근거 삼아 낯설더라도 칭찬해보세요. 칭찬하는 행위는 그 자체로 사랑의 빛을 밝게 만들고, 밝아진 빛만큼 서로가 행복해질 거예요.

사실 상대방을 칭찬하는 것은 자신을 칭찬하는 행위와 맞닿아 있습니다. 누군가를 비난하는 것은 스스로 비난받아 마땅하다고 생각하는 것이고, 누군가를 칭찬하는 것은 스스로 칭찬받아 마땅하다고 판단하는 것일 테니까요.

　마음에 안 들고, 미운 사람이라 하더라도 눈 씻고 최선을 다해 찾아보면 분명히 칭찬받아 마땅한 훌륭한 점이 있습니다. 그것도 많이. 치열하게 관찰하고 꼭 찾으셔서 사랑을 표현해보세요. 그렇게 더 행복해지길 바라요.

❤ ❤

사랑의 원석으로 태어난 왕족

"그 사람은 도저히 안 돼. 구제 불능이야."

"얘는 맞아도 싸."

"저 인간은 욕을 좀 먹어야 정신을 차려."

혹시 이렇게 생각하는 대상이 있나요? 한 명이라도 있다면 그 사람과 당신은 원한의 관계로 엮인 원결일 가능성이 높습니다. 그렇지 않다면 그를 가르치고 돕기 위해 최선을 다했지만 청개구리처럼 교육이 안 되고, 올바르게 행동하지 못하는 사람일 수도 있겠죠.

인문학 열풍이 한창일 때, 마이클 샌델Michael Sandel 교수의 〈정의란 무엇인가?Justice : What's the Right Thing to Do?〉라는 책이 베스트셀러 목록을 한참 차지한 적이 있습니다. 정의롭지 못하다고 느껴지는 사회를 살아가는 우리에게 '정의'란 참으로 근사한 지적 환상입니다.

왜 정의를 지적환상이라고 표현한 걸까요? 사랑할 줄 모르는 사람에게 정의는 지극히 주관적이라고 생각하기 때문입니다. 정의의 기본은 선과 악을 구분하는 눈에서 시작됩니다. 그런데 자신의 주의력에 충분히 깨어있지 못한 사람은 어리석은 기준으로 선과 악을 구분하죠.

나와 친한 친구 A와 원수 같은 사람 B가 서로 싸웠습니다. 사정을 알고 보니 A가 명명백백하게 잘못했습니다. 하지만 그 둘의 사이를 중재하면서 대개의 사람은 A의 편을 들게 되죠. 심지어는 온갖 합리화를 바탕으로 B를 나쁜 놈으로 만드는 시도를 하기까지 합니다. 이것이 과연 정의로운 일일까요?

평범한 사람들에게 '선함'은 '친함'의 다른 말이고, '악함'은 '친하지 않음'을 나타내는 말이기도 합니다. 이것은 일종의 '같은 편' 효과인데, 나와 공통점을 가지고 있거나 감정적 교류가 있는 것을 무의식적으로 선하게 판단하는 것이죠.

내 동생이 어디서 맞고 들어오면 분명 동생이 잘못했고, 먼저 시비 걸었음에도 때린 친구만 나쁜 놈이 됩니다. 또한, 객관적으로 아무리 착한 사람도 내 뜻을 계속 안 따라주면 나쁜 사람으로 바라보기 시작하죠.

정의를 논하자는 것이 아니라 우리는 친하지 않은 것을 나쁘게 바라본다는 점을 말하고 싶습니다. 그리고 이렇게 나쁘게 바라보는 그 사람에 대해서 비난을 시작합니다. '혼나도 싸다.'는 말도 안 되는 비정상적인 사고를 바탕으로 말입니다.

입장 바꿔 생각해보세요. 분명 당신도 누군가의 말을 정말 안 들었던 적이 있을 것입니다. 지금도 그러고 있을 수 있죠. 상대방이 당신에 대해서 이렇게 생각할 수 있습니다.

"저 사람은 혼나야만 정신 차려."

당신은 스스로가 혼나야 정신차리는 사람이라고 동의할 수 있나요? 세상에 혼나고 싶은 사람은 없습니다. 업신여겨지고 싶은 사람도 없습니다. 욕먹고 싶거나 맞고 싶은 사람도 없습니다. 우리는 태생적으로 존귀한 사랑의 원석이기에 노예가 아닌 왕족의 핏줄입니다. 우리에게는 고귀한 본능이 있고, 고귀함에 대한 욕구가 있습니다. 그렇기에 우리는 모두 존경받고 아낌 받는 것을 좋아하는 것입니다. 그것이야말로 우리에게 딱 맞는 옷이고, 본래 우리가 받아야 하는 자연스러운 태도죠.

세상에 비난받아 마땅한 사람이 어디 있나요? 희대의 살인마도 누군가의 사랑스러운 아들입니다. 그는 그저 잘못된 삶의 가치를 사랑했을 뿐입니다. 그 잘못된 방향성으로 인해 나타난 결과인 행위는 잘못되었을지언정 사랑의 원석인 존재 자체는 여전히 고귀합니다.

사랑의 원석은 행위에 물들지 않습니다. 태양이 구름에 가려질 수는 있지만 물들지 않는 것과 마찬가지지요. 두꺼운 먹구름이 하늘을 뒤덮고 있을 때 우리는 마치 태양이 사라진 것처럼 착각하지만 태양은 그대로입니다.

행위는 현상일 뿐입니다. 잘못된 행위는 진정한 정의의 기준으로 교정받아야 할 뿐이에요. 그것이 행위자에 대한 사랑일 것입니다. 하지만 그 과정에서 행위자 자체를 비난해서는 안 됩니다. 그렇게는 결코 행위자를 도울 수 없어요.

비난이란 자신의 두려움을 울부짖는 행위에 지나지 않습니다.

용기 있는 자는 현상에 대한 두려움을 극복하고, 그 속의 본질을 바라볼 힘이 있어요. 그러할 때 내 사랑 빛과 상대방의 사랑 빛이 서로 공명해 기적적인 변화를 불러일으킵니다.

세상에 비난받아 마땅한 사람은 없습니다. 비난하고 싶은 그 사람도 사랑의 원석으로 태어난 고귀한 왕족입니다. 왕자가 잘못된 길을 간다면 그를 교육하는 스승들이 그 길을 교정해줘야 하는 것은 당연한 일이죠. 하지만 아무리 스승이라 하더라도 왕자를 비난하고 업신여기며 폭력적으로 대하지는 못합니다. 왕자로서의 고귀함을 존경하며, 그를 아끼는 마음을 바탕으로 올바른 길을 알려줄 뿐이에요.

사람은 변화를 싫어하는 것이 아니라 억지로 변화되는 것을 싫어합니다. 누군가의 강요가 싫은 이유는 '내 뜻을 무시하고 제 마음대로 하려고' 하기 때문입니다.

사람은 누군가가 자신을 믿어주고, 존경해주며, 아껴줄 때 즉 사랑을 받는다는 확신이 들 때 변화합니다. 설마 윽박지르고 비난하고 업신여김으로써 변화한다는 어처구니없는 착각 속에 빠져 누군가를 비난하고 있는 것은 아니겠죠?

관계를 바꾸는 마술

미국의 마술사인 하워드 서스톤Howard Thurston은 대중에게 엄청난 사랑을 받았다고 합니다. 기자는 그를 인터뷰했습니다.

"대중들에게 사랑받는 비결이 무엇입니까?"

마술사는 웃으며 이렇게 대답했습니다.

"저는 잘생긴 얼굴이 아닙니다. 마술 실력도 최고는 아니죠. 쇼맨십이 뛰어난 것도 아니고, 카리스마가 있는 것도 아닙니다."

기자는 더욱 궁금해져서 반문했습니다.

"그럼 도대체 무엇이 사랑받는 비결인가요?"

"저도 정확히는 모르겠지만 이것만은 자신 있습니다. 저만큼 관중을 사랑하는 마술사는 아마 없을 거예요."

그는 마술 무대에 오르기 전 대기실에서 항상 똑같은 준비를 한다고 합니다. '나는 오늘 만나는 사람들을 온전히 사랑한다.'는 말을 마음에 되새기는 것, 오직 이것만을 준비한다고 해요.

하워드 서스톤의 이야기를 들은 후, 저도 대중과 만나 강연이나 법회를 하기 전에 항상 마음의 준비를 합니다. '나는 오늘 만나는 모든 사람을 사랑한다.' 이렇게 마음을 먹고 눈빛을 하트로 물들인 후 대중을 만나지요. 그리고는 마술사 이야기를 하면서 이렇게 고백합니다.

"전 오늘 여러분을 사랑할 준비를 충분히 했습니다. 제 눈에 하트 보이시나요?"

그 순간 처음 만난 대중과 관계의 얼음장벽이 눈 녹듯 사라지는 것을 목격합니다.

우리나라 사람들은 사랑 표현뿐만 아니라 칭찬에도 참 인색합니다. 칭찬은 사랑하는 마음이 얼마나 큰지에 따라 결정되는 것이 아니라 오직 연습에 의해서 결정됩니다. 연습하지 못한 자는 칭찬할 것이 눈에 띄어도 부끄러워서 도저히 말을 하지 못하죠.

얼마나 칭찬에 인색한지, 인색함에 대해 이런 핑계를 대기도 합니다. '너무 자주 칭찬하면 그것은 아부가 될 수 있지 않을까요?' 걱정하지 마세요. 진정한 칭찬은 아무리 과해도 아부가 되지 않습니다.

칭찬과 아부의 차이는 이러합니다. 첫째는 목적에 따른 차이입니다. 아부는 내 이익을 위해 상대를 칭찬합니다. 반대로 칭찬은 그 사람에게 사랑을 베푸는 행위로서의 실천이죠. 둘째는 감탄의 유무입니다. 칭찬은 정말 그의 훌륭한 점에 감탄하는 마음으로 저절로 나오는 것입니다. 하지만 아부는 입에 발린 말이기 때문에 근거 없는 말이 되기 일쑤죠.

칭찬을 하면 사랑을 주고받는 그 기쁨으로 인해 행복감이 상승합니다. 하지만 아부를 하면 노동의 일종이기에 되돌아오는 대가가 없는 순간 지쳐버리죠. 무조건적인 사랑의 빛이 아무것도 바라는 것 없이 그 자체로 행복감을 느끼는 것과는 사뭇 다른 에너지입니다. 관계를 변화시키는 것은 오직 사랑입니다. 그리고 이 사랑은 텔레파시로 전하는 것이 아니라 말, 눈짓, 몸짓으로 표현해야만 전달되는 것입니다.

일주일에 하루는 내 눈동자에 비친 이들에게 최선을 다해 장점을 칭찬해보세요. 이 간단한 마술이 세상의 모든 존재와 당신의 관계를 변화시킬 테니까요. 사람을 사랑하는 힘을 회복하기 위한 7계단 중 네 번째 걸음을 치열하게 연습해볼까요?

❤❤ 다섯, 눈동자에 비치는 사람에게
작은 것부터 베풀기

잘 주고 잘 받기

사람들이 사랑하는 단어 하나가 있습니다. 자유^{Freedom}. 이 단어가 보여주는 행복한 상태가 사람들을 매혹하죠. 자유롭다는 것은 묶여 있는 것이 없는 상태입니다. 또한 막힌 곳 없이 탁 트인 상태이기도 하죠.

현대는 소셜네트워크서비스^{Social Networking Service} 시대라고도 해서 예전보다 발언의 자유가 크게 확대되었습니다. 누구나 약간의 관심과 노력만 있으면 세계의 누구에게나 하고 싶은 말을 할 수 있게 되었죠.

SNS가 등장하자 좁은 인간관계 속에서 외로웠던 사람들은 인맥을 늘리는데 열정을 쏟았습니다. SNS 속에서라도 친구가 많아지면 이 외로움이 사라질 것으로 생각했겠죠. 하지만 SNS가 어느 정도 자리 잡은 현시점에서 사람들은 여전히 외롭습니다.

사람과의 관계를 형성할 수 있는 기술은 발전했고 그것을 현실화한 것이 분명합니다. 하지만 80억 인구 전부와 SNS 친구를 맺더라도 그것은 결국 인터넷상의 허울뿐인 관계예요. 기술의 발전은 분명히 긍정적이지만 반쪽짜리입니다. 나머지 반쪽을 채우기 위해서는 그 안을 채우는 따뜻한 사랑이 필요합니다.

사람이 사랑받고 있다는 확신을 하기 위해서는 넓은 인간관계가 필요한 것이 아닙니다. 진정으로 서로를 위해주는 따뜻한 관계는 단 하나로도 충분하죠. 그 하나의 관계가 없어서 우리는 외로워하고, 애정결핍으로 인해 생겨나는 부수적인 문제들에 직면하게 됩니다.

눈동자에 비친 그 사람과 따뜻한 사랑을 주고받기 위해서는 마음을 여는 것이 우선입니다. 그리고 마음을 열게 하는 가장 훌륭한 방법은 내 영역에 있는 나의 것을 선물하는 것입니다. 무엇인가를 주기 위해서는 반드시 마음을 열어야만 가능하니까요.

또한 이렇게 주는 것을 받을 때도 마찬가지로 마음을 열어야 합니다. 두려움에 마음을 열지 못하면 무엇인가를 기쁘게 받기도 어려워요. 거부하거나, 억지로 받거나, 결국 되돌려주거나, 받아놓고도 찝찝한, 받은 게 받은 게 아닌 상태로 머물게 되죠.

2016년부터 시행된 '김영란법'으로 특히 주고받는 것에 대한 두려움이 증폭되었습니다. 이 법은 청탁과 비리에 대한 반작용으로 생겨났기에 분명 사회 문제를 바로잡는 데 큰 도움이 되고 있어요. 하지만 법으로 인해 사람과 사람 사이의 마음이 열리는 가장 좋은 방법인 무엇인가를 선물하고 받는 것 자체에 대한 두려움이 증폭된다면 우리 사회는 더욱 외로워질 것입니다.

문화적으로, 법적으로, 심리적으로 과하지 않은 물건을 준비해 보세요. 예를 들면 비타민 음료 한 병 정도면 적당할 것 같습니다. 만나는 사람에게 먼저 다가가 인사한 후 칭찬도 시도해 보고, 음료수도 한 병 건네 보세요.

'내가 이것을 줬으니 저 사람도 나에게 무엇인가를 해주겠지?'

이런 아귀 같은 마음으로 거래하는 것이 아니라 그냥 주는 것을 기뻐해 보세요. 처음 무엇인가를 상대방에게 건넬 때는 매우 어색할 수 있습니다. 하지만 작은 것을 베풀었을 때 상대방이 기뻐하는 모습을 목격하고, 이로 인해 마음이 열려 사랑이 빛나는 관계를 맺는 효과를 경험하면 점점 더 주는 것이 즐거워집니다. 이렇게 베푸는 것이 자연스러운 습관으로 자리 잡는 순간, 우리는 주는 것이 가져오는 삶의 기쁨을 지속해서 누릴 수 있게 돼요.

무엇인가를 준다는 것은 내 마음을 여는 것입니다. 그것을 기쁘게 받는다는 것도 역시 마음을 여는 것이죠. 그리고 이렇게 마음이 열려 형성된 관계는 서로의 마음에 상대방을 담아두게 됩니다. 마음에 담아 둔다는 것은 그 대상을 사랑하는 것이니, 그렇게 사랑을 주고받기 시작하는 것이죠.

이제는 두려움에서 벗어나기만 하면 세상 어디에 있는 사람과도 사랑을 주고받는 따뜻한 관계를 형성할 수 있는 시대가 열렸습니다. 우리에게 필요한 것은 두려움에서 벗어나는 용기와 사랑 연습을 통한 사랑하는 능력의 회복이에요. 누구에게나 경애심을 내보일 수 있는 습관만 형성된다면 온 세상에 사랑의 빛을 내뿜는 것이 비유가 아닌 현실이 됩니다.

사랑을 마음껏 발휘할 수 있는 세상에서 자신의 자유를 겁박한 채, 마음의 문을 걸어 잠근 채, 두려움에 벌벌 떨며, 외로움에 치를 떨며 그렇게 바보처럼 살아갈 건가요? 그것이 아니라면 마음을 열기 위한 본격적인 연습, 잘 주는 것과 잘 받는 것을 꼭 시도해보세요.

인색함의 감옥

감옥을 탈출하는 주제의 영화를 보면 각종 시설로 무장된 감옥은 무섭고도 교묘하게 닫혀 있습니다. 하지만 이 세상의 아무리 깊은 감옥도 우리 스스로가 만든 마음속 감옥보다 깊게 닫혀 있지는 않습니다.

마음속 감옥의 깊이는 자신의 선택으로 결정되는데, 심지어 지옥과도 같은 경험을 할 수 있는 감옥을 만들어내기도 합니다. 불교적 세계관에서 지옥이라는 세상은 존재들이 품은 마음의 번뇌들이 모여서 만들어진 감옥이라고 합니다. 즉, 감옥은 'made in 인간의 번뇌'인 것이죠.

인간이 상상할 수 있는 극도의 고통이 존재하는 지옥조차 만들어낼 수 있는 마음의 감옥은 정말 무너뜨리기 어려운 철옹성과 같습니다. 하지만 단 하나뿐인 열쇠를 발견하기만 한다면, 유리성이 무너지듯 한순간에 무너뜨릴 수 있는 곳이기도 하죠.

사람들은 모두 각자의 마음속 감옥이 있습니다. '이 감옥으로부터 얼마나 자유로운가?' 이것이 바로 주관적 행복지수입니다. 또한 이 자유를 성취하는 데 필요한 것이 바로 사랑의 빛입니다. 그렇기 때문에 마음의 감옥으로부터 자유를 얻고 싶다면 우리는 사랑을 선택해야만 합니다.

나의 주의력을 단련하는 것은 열쇠를 준비하는 것이고, 이것을 사랑에 초점 맞추는 것이 감옥의 문을 열어젖히는 것입니다. 감옥을 만든 주인은 바로 나이기 때문에 오직 자신만이 감옥을 부술 수 있어요.

지금까지 주의력을 번뇌에 빼앗겨서 나도 모르게 감옥을 더 강하게 만들며 살았을 것입니다. 감옥의 열쇠를 알지 못할 때는 절대로 무너지지 않는 철옹성처럼 느껴지지만, 열쇠만 능숙하게 활용할 줄 알게 된다면 유리성일 뿐입니다. 철옹성이자 유리성이기도 한 이 마음의 감옥은 어떤 심리로 인해 생겨난 것일까요?

마음을 닫으려는 원동력은 두려움입니다. 다른 존재에게 가장 깊은 자신의 속살인 마음의 영역들을 공유하는 것이 거북한 것이죠. 또한 그 안에 있는 내 것들에 대한 탐욕도 한몫합니다. 내 것으로 정해지는 순간, 그것의 객관적인 가치와 상관없이 주관적 가치는 증폭되기 때문에 결코 남과 그것을 공유하고 싶지 않아집니다. 하나라도 빼앗기면 죽을 것 같은 상실감에 시달릴지도 모르니까요.

이런 두려움과 탐욕이 결합하여 생겨나는 상태는 바로 인색함입니다. 인색함의 대표주자로 꼽히는 〈크리스마스 캐롤A Christmas Carol〉의 주인공 스크루지 이야기를 들어보셨죠? 지독한 구두쇠인 스크루지는 인색한 마음의 감옥에 갇혀 외로움에 사무친 삶을 살아갑니다.

인색해지면 인색해질수록 마음의 공간은 압박을 받기 시작합니다. 풍선 속에 우리가 들어가 있고, 인색할수록 풍선의 공기가 점점 빠진다고 상상해보세요. 이 풍선이 매우 강력해서 우리 몸을 찌그러뜨린다고 상상해보세요. 숨도 쉬지 못할 갑갑함, 온몸을 우그려뜨려야 하는 그 고통이 바로 인색함의 특징입니다.

이러한 인색함의 감옥에서 살고 싶은가요? '행복해지고 싶다면 원수에게 선물하라.'는 말이 있습니다. 원수에게 욕을 해도 시원찮은데 내 소중한 것을 선물하라는 것이 말장난으로 느껴질 수도 있어요.

하지만 원수에게 마음을 열고 내 소중한 것을 꺼내주는 순간, 용기 내어 인색함의 감옥을 벗어나기 위해 마음을 열겠다고 결심하는 순간, 탐욕으로 묶여 있는 소중한 무엇인가를 다른 이에게 주는 그 순간, 우리는 갑갑함에서 벗어나 자유를 맛보게 됩니다. 내가 만든 감옥에서는 도저히 누릴 수 없었던 자유로움을 비로소 누릴 수 있게 되는 것이죠.

지독히도 갑갑한 인색함의 감옥에서는 단 하나의 행복도 누릴 수 없습니다. 아끼고 절약하는 것도 좋지만 구두쇠가 되는 연습을 이제 좀 그만했으면 해요. 작은 선물을 나눈다고 당장 가난해지거나 굶어 죽지 않습니다. 오히려 나누는 것이 씨앗이 되어 재복이 생기기 때문에 경제적인 상황이 나아지죠.

사랑은 아낌없이 주는 것입니다. 사랑의 빛이 어두워 항상 사랑에 배고픈 아귀는 끝도 없이 사랑을 달라고 떼쓰지만 사랑의 빛이 반짝이는 보살은 주는 것의 환희를 분명하게 압니다. 아귀와 보살, 누가 더 행복할까요?

아귀의 행동을 답습하여 점점 더 구두쇠가 되는 길은 이제 그만하죠. 갑갑하고 지독히도 외로운 인색함의 감옥에서 이제 그만 벗어나죠. 사랑에 초점을 맞추는 열쇠를 찾았으니 이제 그 철옹성을 유리성처럼 부숴버리죠.

인색함의 감옥? 오직 주는 것을 연습하고 또 연습해 보살의 마음을 닮아간다면 마른 풀이 한순간에 불타버리듯 마치 환상처럼 사라져버릴 거예요.

아낌없이 주는 사랑

7가지 사랑 연습은 사실 모두 주는 연습입니다. 이름표를 붙이고 눈동자에 비친 사람도 사랑받기를 원한다는 것을 기억하는 것은 그 자체로 경애를 주는 거예요. 먼저 다가가 인사하는 것은 관계의 시작을 선물하는 것이고, 마음으로 관찰하는 것은 주의력을 주는 것입니다.

감탄하며 칭찬하는 것은 기쁨을 주는 것이고, 작은 것부터 베푸는 것은 실질적인 재물을 주는 것입니다. 배움을 청하는 것은 그에게 지극한 존경을 주는 것이고, 행복을 축복하는 것은 상대방에게 안심을 주는 거예요. 어떠한 단어로 표현을 하든 상관없이 사랑은 주는 것이 분명합니다.

또한 이 7가지 사랑 연습은 모두 주의력을 활용합니다. 주의력을 준다는 것은 내 모든 것을 주는 것이죠. 나만의 삼천대천 세계를 그 대상으로 가득 채운다는 의미이기 때문입니다. 우리는 주의력을 두고 있는 그것을 경험하기에 주의력을 준다는 것은 사실상 그 순간 줄 수 있는 모든 것을 주는 것입니다. 사랑한다는 것은 이렇듯 아낌없이 주는 것인데, 어떻게 이런 일이 가능할까요?

애정결핍이 있는 사람, 주관적 행복지수가 낮은 사람은 대개 강렬한 인색함의 감옥에 갇혀 있습니다. 그들은 내가 가진 사소한 것도 남에게 준다는 것이 너무나 아깝습니다. 그런데 가진 모든 것을 아낌없이 준다? 이것이 가능한 일일까요?

앞서 말했던 바와 같이 주의력을 활용할 줄 모르는 이에게는 그 인색함의 감옥은 철옹성입니다. 하지만 주의력을 올바른 방향으로 쓸 줄 아는 순간 철옹성은 쉽게 무너집니다. 마음이 열리는 것이죠.

마음이 열려 사랑을 주고받는 순간 우리는 '나'와 내 마음에 품고 있는 '너'를 구분하지 않기 시작합니다. 우리는 마음에 품고 있는 대상을 경험한다고 했죠? 마음에 '너'를 품고 있다는 것은 이미 '너'를 경험하고 있다는 것입니다. 내가 너를 경험하고 있는 이 상황에서 과연 나와 너의 경계선을 유지할 수 있을까요?

사랑이 지극해질수록 주의력의 초점이 강렬해질수록 경계선은 급속도로 무너집니다. 이 경계선이 흐려질수록 내 것과 네 것을 구분할 수 없게 되죠. 세상 사람들은 그런 사람을 보고 점점 바보가 되어 간다고 합니다.

영국의 시인 에드먼드 스펜서Edmund Spenser는 사랑할 때 사람이 얼마나 바보처럼 주기만 하는지를 이렇게 말합니다.

"사랑은 모든 것을 주지만 아무런 보상도 받지 않는다."

먹고 살기 힘든 시대에 퍼주기만 하면 당연히 바보 소리를 들을 수도 있습니다. 또한 누군가에게는 이용당하기 딱 좋은 대상으로 보일 수도 있어요. 하지만 아무런 보상도 바라지 않으며 세상을 향해 자신의 것을 기쁘게 베푸는 사람이 그냥 바보는 아니겠죠. 사랑스러운 바보고, 성스러운 바보입니다. 아낌없이 주는 것이 보통 사람들에게는 너무나도 어려운 일이니까요.

아낌없이 준다는 것이 처음부터 무조건 다 줘야 한다는 것은 아닙니다. 사랑은 절대 비난하지 않는다는 것을 기억해두세요. 모두 다 베풀 수 있어야 하는데 조금 밖에 못 준다고 스스로 비난하지 마세요. 그것은 사랑이 아닙니다.

줄 수 있는 것을 베풀다 보면 점점 더 큰 것도 줄 수 있게 되는 법입니다. 베풀고 또 베풀다 보면 뭐든지 아낌없이 베풀 수 있게 되는 것이죠. 처음 베풀기 시작할 때는 아직 마음도 덜 열린 상태이고, 열렸다 하더라도 너와 나는 분명히 다른 독립적인 존재라는 경계선이 남아있습니다. 그렇다면 어떻게 아낌없이 베풀 수 있을까요? 점점 더 주는 연습은 억지로 하는 것이 아니라 자연스럽게 하는 거예요.

마음을 열고 소중한 것을 주는 연습은 인색함의 감옥을 부숩니다. 여기서 더 나아가 부서진 인색함의 감옥으로 사랑하는 사람이 들어와 마음에 그 사람을 품게 되면 '나'라는 존재가 개별적이라는 착각조차 부숴버립니다. 사랑에 온전히 초점을 맞추는 순간, 마음에 품고 있는 그 대상과의 일체감을 느끼게 되거든요.

일주일에 하루는 내 눈동자에 비친 그들을 위해 작은 것부터 베풀며 사랑을 표현해보세요. 작게는 서로의 마음을 열어주며 크게는 '나'라는 착각을 지워버릴 만큼 강렬한 효능을 지닌 사랑의 씨앗을 심어보세요. 사랑하는 힘을 회복하기 위한 7계단 중 다섯 번째 걸음을 지금 시작해볼까요?

♥

♥♥ 여섯, 눈동자에 비치는 사람의 장점을 따라 배우기

최고의 존경

처음 출가했을 때는 참 오만함으로 똘똘 뭉쳐 있었습니다. 선배 스님들이 저를 가르치려 들면 속으로 이렇게 생각했거든요.

'당신이 나보다 정말 훌륭한가요? 아니면 내가 배움을 요청했나요? 둘 다 아닌데 오지랖 참 넓군요.'

누군가에게 무엇인가를 배운다는 것은 상대방이 나보다 훌륭하다는 점을 인정하는 것입니다. 우리는 훌륭한 사람을 존경할 수 있는 심리구조를 가지고 있으니까요. 만약 상대방이 온전히 훌륭해 보이지 않는다면, 그가 가진 일부분의 장점이라도 훌륭하다고 판단되어야만 장점을 존경하며 배울 수 있을 것입니다. 그렇기에 따라 배운다는 것은 상대방에게 존경을 표현하는 최고의 몸짓입니다.

인도의 성자 아티샤Atiśa 스님은 티베트에 인도불교를 온전히 전달한 선구자입니다. 아티샤 스님이 배움의 장에서 항상 강조했던 점은 바로 존경과 아끼는 마음입니다. 이 경애심이 있을 때 배움은 비로소 효과가 나타나기 시작한다는 것이죠.

한 번은 수백 명의 제자들이 스승의 법문을 듣기 위해 한자리에 모인 적이 있습니다. 올 사람도 다 왔고 법문을 청하기도 했으나 아티샤 스님은 가르침을 설할 기미가 전혀 없었어요. 한 제자가 대표로 스승에게 이렇게 물었습니다.

"스승님 수많은 제자가 법을 청하고 있습니다. 부디 가르침을 설해주십시오."

그러자 아티샤 스님은 이렇게 그들을 힐난했습니다.

"인색함에 찌들어 부처님 앞에 공양물 하나 올리지 못하는 너희들에게 내 어찌 위 없이 높은 가르침을 설할 수 있겠느냐? 만약 그렇게 된다면 이것은 악마의 일이 될 것이다."

이 자비로운 힐난을 마음에 새긴 제자들은 새로운 마음으로 본인들이 준비할 수 있는 최고의 공양을 마련하여 정성스럽게 불전에 올리고, 다시 스승에게 법을 청했고 아티샤 스님은 이렇게 말했습니다.

"착하고 착하도다! 청정한 공양물을 준비하는 과정에서 인색함의 감옥에서 벗어나 불법을 아끼고 존경하는 마음이 준비되었으니, 너희들은 이제 위 없이 높은 가르침을 들을 수 있겠구나."

최고의 가르침은 스승 혼자의 힘으로 만들어지는 것이 아닙니다. 아무리 훌륭한 황금이라도 받는 자가 그것에 대한 경애심이 없다면 지나가는 돌멩이보다 못한 가치 없는 것으로 변해버립니다. 그렇기에 최고의 가르침은 스승의 사랑과 제자의 사랑이 서로 공명할 때 이루어지는 것이죠.

이를 위해서는 앞서 말했던 것처럼 인색함을 다스리는 것이 필수입니다. 베풂을 통해 마음을 열어야만 하죠. 생각해보면 너무나도 당연한 원리입니다. 마음이 열리지 않았는데 과연 어떤 가르침이 그 안으로 들어갈 수 있을까요?

누군가에게 가르침을 청한다는 것은 참으로 지극한 사랑의 표현입니다. 상대를 지극히 존경한다는 표시이고, 그 훌륭한 점을 본받고 싶다는 마음이죠. 배우기로 마음먹는 순간 상대방은 보통 사람에서 스승으로 한순간에 격이 높아지는 것입니다.

자신을 스승으로 높여주는 상대방에 대해 경애하는 마음이 어찌 일어나지 않을 수 있을까요? 또한 전에 없던 책임감 역시 강해질 것입니다. 자리가 사람을 만든다는 말이 있듯이 이제는 스승의 격에 맞는 고귀함을 스스로 갖추기 위해 노력을 시작할 거예요.

누군가가 나에게 배움을 청한다는 것은 서로 간에 최고의 선물입니다. 가르침을 받는 사람은 가르침을 주는 사람의 노하우를 시행착오 없이 흡수할 수 있기 때문에 엄청난 세월의 절약을 선물 받는 셈입니다. 또한 가르침을 주는 사람은 스승으로서의 자화상이 생겨나기에 자신을 존귀하게 여길 수 있는 확고한 근거가 하나 추가되는 선물을 받죠.

이것만이 아니라 각자 사랑의 원석이 경애라는 방향성으로 가공되어 사랑을 빛내게 되고, 그 빛이 서로 공명하여 기쁨과 환희를 느끼게 되며, 그렇게 은혜로운 관계인 은결이 형성됩니다. 존경하는 마음으로 가르침을 청하는 것만으로도 이런 다양하고 훌륭한 선물을 받는다니, 정말 놀랍지 않나요?

질문의 중요성

배움을 청하는 것이 이렇게 많은 선물을 준다면 항상 좋기만 할까요? 아무리 훌륭한 칼도 올바로 사용하지 못하면 주변을 다치게 할 수 있듯 배움 역시 마찬가지입니다. 경애의 태도를 가지고 배우기 위해서는 올바른 질문을 할 줄 알아야 해요.

각양각색의 사람들이 다양한 질문거리를 들고 찾아옵니다. 그런데 많은 사람은 최소한의 마음 준비도 없이 대충 간 보러 온 듯한 느낌을 받아요. 질문을 한다는 것은 상대방의 가르침을 아끼고 존경하는 청정한 마음이 있다는 말입니다. 그렇기에 질문에 대한 대답을 듣고 삶의 문제에 적용해보겠다는 다짐인 것이죠.

하지만 많은 사람이 미리 원하는 답변을 정해 놓은 뒤, 그 말을 확인받기 위해 질문을 하기도 합니다. 이러할 때는 '당신이 정말 훌륭하다면 내 마음을 알아차리고, 내가 듣고 싶은 대답을 해줘야 한다.'는 강요의 느낌을 받게 돼요. 빚쟁이가 빚 받으러 온 듯 경애 없는 태도로 간 보기식 질문을 하는 것은 오히려 관계를 악화시킬 수 있는 위험성을 내포하고 있습니다.

배운다는 것은 질문하는 행위 자체에 있는 것이 아닙니다. 이곳저곳, 이 사람 저 사람을 쫓아다니며 비슷한 질문을 남발하는 것이 배우기를 좋아하는 태도는 아니죠. 그가 가진 훌륭한 점 배우기를 원하는 간절한 마음으로, 답변을 준다면 실천해보겠다는 다짐을 한 후에 하는 질문이어야만 배움의 실체에 연결이 될 것입니다.

현대 사회는 정보가 넘쳐 납니다. 인터넷으로 검색할 수 있는 능력이 조금만 있으면 찾아내지 못하는 정보가 거의 없어진 그런 시대입니다. 그래서일까요? 이 시대에는 '나는 충분히 안다.'는 집단 무지의 흐름이 강렬해지고 있는 것 같습니다. 물론 이와 반대로 더 알고 싶은 충동 역시 공존하죠.

몰라서 문제인 시대는 이미 지나갔습니다. 이제는 너무 많이 알아서 우리 생각 회로에 악영향을 미치는 정보들을 뱉어내는 작업이 중요한 시대입니다. 붓다는 이를 방하착放下着, 하심下心, 놓아버림 등으로 표현했습니다. 그리고 이 모든 수행의 기반이자 핵심은 바로 경애심입니다.

'나는 알고 있다.'는 오만함이 강렬한 흐름으로 만들어진 이 시대에 누군가에게 배움을 요청한다는 것은 어쩌면 힘든 일일 수도 있습니다. 그렇기에 필요한 것이 앞선 사랑 수업의 과정입니다.

눈동자에 비친 사람이 존귀한 사람임을 기억하고, 먼저 다가가 예를 갖추며, 훌륭한 점을 관찰하고 찬탄하며, 공양 올리는 동안 우리의 마음 감옥은 서서히 문을 열어젖힙니다. 이렇게 준비된 상태에서 올바른 질문을 한다면 화룡점정의 꽃을 피우게 되죠.

올바른 질문은 두 가지 조건을 갖추어야 합니다. 첫째는 답변을 실천하고자 하는 마음의 준비가 되어야 하고, 둘째는 구체적이어야 해요.

"어떻게 하면 행복해지나요?"

이런 질문은 일단 범위가 너무 광대합니다. 어떤 방향으로 답변이 튀어나올지 모릅니다. 그렇기에 답변을 실천할 가능성 역시 낮아지죠.

"이 사람과 이런 관계인데 관계를 호전시키기 위해 무엇을 해야 할까요?"

"사업경영 중 갈림길에 서 있는데 첫째 길은 이러하고, 둘째 길은 이러합니다. 무엇이 사업발전에 더 유리할까요?"

"친구와 이런 이유로 싸웠고 화해하고 싶은데 먼저 용서를 구하기 두렵습니다. 이 두려움을 어떻게 해결할 수 있을까요?"

이와 같은 구체적인 질문이 필요합니다. 스스로 답변을 듣고 실천할 수 있는 범위를 산정하고, 럭비공 같은 답변에 당황하지 않을 수 있는 최소한의 장치가 바로 이 구체성이라고 생각하면 됩니다.

물론, 답변을 듣고 단번에 실천해야만 경애를 유지하는 태도라고 말하는 것이 아닙니다. 가르침을 준 사람을 경애하지만 답변을 실천하기 어려울 때가 있을 수 있으니까요. 이럴 때는 그 경애하는 마음을 유지하며 추가 질문을 하면 됩니다. 이렇게 할 때 배움은 더욱 구체적인 방향으로 범위를 좁혀가게 되고, 오해를 만들지 않는 정확한 의사소통이 이루어지죠.

배움을 청하는 것講法은 여러 가지 목적과 효과가 있습니다. 하지만 여섯 번째 사랑 연습으로써의 청법의 목적은 우선순위가 확실합니다. 눈동자에 비친 사람을 지극하게 경애하기 위해 청법하는 것입니다. 나머지는 부수적인 효과일 뿐이에요.

사랑을 주고받는 실천으로써의 청법은 이렇게 질문자의 청정한 마음가짐과 올바른 질문으로써 온전해집니다. 이러할 때 청정한 청법은 첫 순간에도 사랑이 빛나고, 그 중간에도 사랑이 빛나며, 그 끝에서도 사랑이 빛날 수 있습니다. 그렇게 사랑을 베푸는 행위로써 온전해지는 것이죠.

배움은 배우는 자와 배움을 주는 자 모두에게 선물입니다. 서로서로 위대하게 만드는 길이예요. 멋진 질문을 준비해서 위대한 사랑의 실천을 해볼 마음의 준비가 되셨나요?

배움의 달인

사랑 수업의 원본이 되는 〈보현행원품〉은 〈화엄경〉에 속해 있는 일부분입니다. 〈화엄경〉은 모든 존재가 있는 그대로 이미 존귀한 붓다임을 보여주는 내용이죠. 이 경이롭지만 불가사의한 진실을 이해하기 쉬운 실질적인 사례로 보여주는 부분이 〈화엄경〉 중 선재 동자의 구법기를 다룬 〈입법계품入法界品〉입니다.

선재 동자는 보살행의 완성을 위해 여러 스승을 찾아다니며 그들만의 보살행에 대해서 배우고 헌신적으로 실천합니다. 그렇게 선재 동자의 의식이 점점 위대하게 발전하고, 사랑의 빛이 밝아지는 여정을 보여주는 것이 바로 〈입법계품〉이에요.

여기서 흥미로운 점은 선재 동자가 찾아다니며 배움을 청하는 53명의 인물이 각양각색의 신분이라는 점입니다. 전통적인 스승의 역할을 맡고 있던 종교지도자도 그 속에 포함되어 있으나 어린아이, 장사꾼, 기녀 등에게도 경애의 태도로써 배움을 청합니다. 그 가르침을 목숨 걸고 실천하는 선재 동자의 모습에서 독자들은 큰 감동을 받습니다.

일반적인 상식에서 배움은 어른이나 선생님, 종교지도자와의 관계에서 이루어지죠. 하지만 사랑 수업에서의 배움은 특정 인물과의 관계에 한정된 것이 아닌 모든 존재와의 관계에서 가능한 일입니다. 눈동자에 비친 그 사람을 사랑하는 순간, 그가 가진 장점을 관찰하게 되고 또한 그가 가진 단점조차 장점으로 탈바꿈시키게 됩니다. 누구에게나 훌륭한 점 하나쯤은 발견할 수 있겠죠?

배움은 객관적인 명성으로 이루어지는 것이 아니라 그 대상을 경애하는가 여부에 달린 것입니다. 우리는 모든 존재에게 배울 수 있는 점이 분명히 있습니다.

공자는 본인에 대해 스스로 평가할 때 한 가지 점에 있어서만큼은 매우 자신 있어 했습니다. 그것은 바로 호학好學으로 아직 자신만큼 배우기를 좋아하는 사람을 본 적이 없다고 말했죠. 세 명의 사람이 길동무로 여정을 떠나면 그 속에서 항상 배울 거리가 있다고도 말했는데, 공자의 배움 능력이 얼마나 뛰어났는지를 보여주는 대목입니다.

아마도 공자는 배우기를 좋아한 것뿐 아니라 기본적으로 사람에 대한 경애의 태도가 매우 뛰어났을 것이고, 사랑의 빛이 넘치는 삶을 살았을 것입니다. 이 호학의 덕목을 되새길 때마다 2m가 넘는 거구로 제자들과 함께 사랑의 빛을 밝게 내뿜었을 공자의 환희를 생생히 느낄 수 있습니다.

공자는 이 경애 어린 호학으로 위대해졌습니다. 중국뿐 아니라 일본과 한국, 이제는 전 세계에 영향을 미치는 세계관의 뿌리가 되었습니다. 이것이 과연 그의 이론 때문일까요? 아니면 그의 반짝이는 사랑 때문일까요?

선재 동자라는 이름 속의 동자童子는 어린아이를 말하는데 이는 일종의 상징입니다. 동자라는 존재의 의식은 매우 천진해서 자신과 다른 의견을 받아들이는 의식의 탄력성이 뛰어납니다. 즉, 다른 의견이나 가르침을 잘 흡수할 수 있는 스펀지와 같은 존재인 것이죠. 그렇기에 동자는 나이를 두고 하는 말이 아니라 호학의 의식을 두고 하는 말입니다.

　사람을 경애하는 마음으로 누구에게나 묻기를 꺼리지 않았던 공자, 각양각색의 사람들에게 고정관념 없이 진리를 물을 수 있었던 선재 동자는 배움의 달인입니다.

모든 존재에게 배우다

처음 출가의 길을 열어주었던 스님께 공부하고 있을 때의 일입니다. 스님이 냉장고 정리하고 있는데 오랜만에 절에 들른 모친이 스님에게 이것저것 훈수 두는 모습을 보게 되었습니다. 스님은 무엇이든 척척 잘하는 만능이었기 때문에 제 생각에는 모친의 훈수가 쓸데없어 보였습니다. 그래서 그만하라고 한마디 하고 싶었지만, 스님은 진지하게 모친의 훈수를 듣고 계시더군요.

한참을 듣고 있던 스님이 문득 존경 어린 표정으로 모친에게 냉장고 정리에 대한 배움을 청하던 모습이 당시 갓 출가한 제게는 큰 충격이었습니다. 당시만 하더라도 스님은 높은 존재이고 모친은 낮은 존재라는 고정관념이 꽉 박혀 있는, 갑갑한 의식을 가지고 있었기 때문이었죠.

조심스럽게 훈수만 두던 모친이 밝고 환하게 웃으며 적극적으로 냉장고 정리를 하던 모습이 기억납니다. 그 모습을 바라보며 적극적으로 배우던 스님의 모습도 기억납니다. 모친은 그 순간 냉장고 정리에 대해 스님의 스승이 되는 선물을 받았고, 스님은 모친의 수십 년 냉장고 정리 노하우를 한순간에 선물로 받은 것이죠. 그리고 서로 선물 받은 이 기쁨은 공명을 일으켜 옆에서 구경하던 제 마음에도 강렬한 사랑의 빛깔을 남겼습니다. 그렇기에 지금 이 순간에도 그 기억이 생생한 것이겠죠.

모든 존재에게는 배울 점이 있습니다. 이것은 모든 존재가 이미 스승 될 자격이 충분하다는 거예요. 모든 존재는 이미 존경받아 마땅하고 이미 사랑받기에 충분합니다. 다만 그 존재를 눈동자에 담고 있는 우리의 마음이 열리지 않았을 뿐입니다.

"눈 찢어진 만큼 세상은 보인다."

이렇게 말씀해주신 스님의 가르침이 절절히 느껴집니다. 세상에 존귀하지 않은 존재는 결코 없습니다. 만약 누군가가 비난받아 마땅한 사람이고, 비천한 사람으로 보인다면 그것은 그 사람이 그런 것이 아니라 내 관점이 비뚤어진 것입니다. 돼지 눈에는 모든 것이 돼지로 보인다는 것을 꼭 기억하셔야 해요.

당시 스님은 모친에게서 이미 온전한 붓다의 모습을 보고 있었을지도 모릅니다. 사랑의 원석을 볼 수 있는 거룩한 안목을 가지고 계셨을지도 모르죠. 여전히 전 그럴지도 모른다는 말밖에 할 수 없는 옅은 지혜를 가지고 있지만, 그래도 분명히 확신할 수 있는 것은 어떤 악조건에도 불구하고 우리는 이미 온전하고 존귀한 붓다라는 사실입니다.

상대방에게 가르침을 청하는 것은 그를 붓다로 바라보기 위한 노력이에요. 기억하고, 인사하며, 관찰하고, 칭찬하며, 공양하고, 가르침을 청하는 이 과정을 통해서 우리는 사랑을 연습하는 것이기도 하지만 다른 관점에서는 눈동자에 비친 그 존재의 붓다로서의 실체를 바라보는 연습이기도 합니다.

위대하지 않은 존재가 무엇인가를 채워서 위대해지는 것이 아니라 이미 위대한 존재이고, 나 그리고 너의 본질을 알아볼 수 있는 안목이 생기는 것입니다. 우리는 이미 충분합니다. 우리는 이미 행복에 도착해 있습니다. 우리는 이미 충분히 사랑받고 있습니다. 우리에게 필요한 것은 이미 위대한 자화상과 타화상을 알아볼 수 있는 눈뿐입니다.

일주일에 하루는 이 안목을 키우기 위해 내 눈동자에 비치는 모든 사람을 경애하고 그들에게 배움을 청해보세요. 사랑 연습을 하는 그만큼 당신의 삶 그리고 당신 주변의 삶이 사랑 빛으로 가득하게 될 것입니다. 환희와 기쁨이 가득한 삶을 살고 싶다면 지금 이 순간 사랑의 힘을 회복하기 위한 7계단 중 여섯 번째 걸음을 함께 해볼까요?

일곱, 눈동자에 비치는 사람을
진심으로 축복하기

기도의 힘

도반 스님과 오랜만에 만나 공양 올리려고 싸갔던 누룽지를 드렸습니다. 그러자 스님은 이렇게 축원해주시더군요.

"이 누룽지 공양 공덕으로 세세생생 누룽지는 안 끊길껴!"

충청도 사투리로 해주시는 이 축원이 재밌어서 저도 이후에 비슷한 축원을 하곤 합니다.

"이 칼국수 공양 공덕으로 세세생생 칼국수가 안 떨어지길 축원합니다."

공양을 받고 축원을 할 때마다 공통으로 느끼는 점이 있습니다. 축원이 세상에 울려 퍼질 때마다 주변이 환해지는 것 같은 경험을 한다는 거예요. 축원이 재미있어서일까요? 그것도 한몫을 하지만 아마도 이 축원이 사랑의 강렬한 표현이기 때문일 것입니다.

축원 받는 사람은 자신이 아껴지는 듯한 느낌일 것이고, 축복하는 사람은 그를 위해 사랑을 베푸는 기쁨이 느껴질 것이며, 주변에서 그 말을 듣는 사람들은 사랑이 빛나는 그 모습만으로도 환회를 느낄 것입니다.

래리 도시Larry Dorsey는 〈치료하는 기도Healing Words〉에서 기도의 효과를 과학적으로 증명하기 위해 노력합니다. 그는 자신을 찾아오는 환자들에게 기도치료를 적극적으로 활용하는 의사예요. 그는 기도치료를 미신이나 플라세보로 취급하며 이를 활용하지 않는 것은 효과적인 약을 환자에게 처방하지 않는 어리석음을 범하는 것으로 판단했습니다.

그가 임상에서 기도치료를 활용한 결과는 상당히 놀랍습니다. 특히 암 환자들이 기도치료를 통해 완치되는 사례들은 더욱 놀라워요. 기존의 암 치료 방식과는 달리 기도치료에는 암 환자가 초기인지 중기인지 말기인지는 별로 중요하지 않았다고 보고합니다. 이성적으로 보자면 일관성이 없는 치료 결과였지만 분명한 것은 말기 암 환자도 기도치료로 완치되는 상황 역시 존재했다는 점이에요.

사람들은 기도의 효과를 통제할 수 있는가에 관심이 많은 것 같습니다. 일정한 규칙 속에서 일정한 결과를 내놓아야만 그것이 과학적이라고 믿는 기존의 습관 때문이겠죠.

하지만 인간이 이해할 수 있는 범위는 한정적입니다. 불가사의의 영역으로 치부되던 범위가 학문이 발전함에 따라 이해 가능한 영역으로 변화되는 것이 학문 발전의 역사입니다. 지금 당장 학자들이 이해하지 못할 뿐이지 분명 기도가 효과를 발휘하는 메커

니즘은 존재할 것입니다. 그것에 대한 이해와 통제는 좀 더 미래에 가능해지겠죠.

틱낫한Thich Nhat Hanh 스님의 〈기도의 힘The Energy of Prayer〉에 실려 있는 일화를 조금 축약해서 소개하겠습니다.

6살 아이 A는 쥐 한 마리를 매우 사랑하며 키웠습니다. 어느 날 쥐가 아이의 품에서 벗어나 땅에 파인 구멍으로 들어가 버렸죠. 아이는 그 자리에 엎드려 하나님께 간절히 기도했습니다.

"제발 사랑하는 쥐를 돌려주세요."

무려 두 시간 동안 꼼짝도 하지 않은 채 간절히 기도했지만 쥐는 돌아오지 않았습니다. A가 성장하면서 이와 비슷한 경우가 몇 번 더 있었다고 해요. 하지만 매번 하나님께 한 기도는 응답을 받지 못했기에 고등학생이 된 A는 무신론자에 가까워졌습니다.

A의 고등학교 담임선생님은 매일 기도를 하는 사람이었습니다. 종례시간은 항상 짧은 기도로 채워졌죠. 그는 학생들에게 이렇게 묻고는 했습니다.

"우리가 함께 무엇인가를 기도해주길 바라는 사람은 쪽지에 적어주세요."

선생님은 매일 쪽지에 적힌 내용으로 학생들과 기도했는데, A는 그 기도가 참 무의미하고 유치하다고 생각했습니다. 어차피 이루어지지 않을 거라 생각했으니까요.

어느 날 결석한 학생 B가 종례 시간에 울면서 교실에 들어왔습니다. 사정을 들어보니 B의 어머니가 병원에서 암 말기 환자로 시한부 선고를 받았다는 것입니다. 선생님은 학생에게 물었습니다.

"우리가 너희 어머니를 위해 기도해주기를 원하니?"

B가 동의하자 선생님은 반 아이들에게 말했습니다.

"우리는 지금부터 B의 어머니를 위해 기도하겠습니다. 이 상황이 싫은 학생들은 잠시 복도에 나가서 기다려주세요."

A는 복도에 나가서 기다릴까 생각했지만 귀찮은 마음에 그냥 그 기도 자리에 동참했습니다. 기도는 매우 담백하고 짧았습니다.

"하나님, B의 어머니를 치료해주셔서 감사합니다."

일주일 뒤 학생들은 놀라운 소식을 들었습니다. 자신들이 기도했던 B의 어머니가 완치되었다는 소식이었어요. A는 머리카락이 쭈뼛 서는 듯한 환희로운 느낌을 받았습니다. 이후 A는 조금씩 기도를 하기 시작했어요.

몇 년 뒤 A의 고등학교 담임선생님이 병에 걸렸습니다. A는 담임선생님을 위해 열심히 기도했습니다. 하지만 담임선생님의 병에는 차도가 없었고, 결국 죽음을 맞이했습니다. 기도는 통제 가능한 효과가 있는 것일까요? 없는 것일까요? 당신의 생각은 어떤가요?

아름다운 기적

내 눈동자에 비친 사람을 진심으로 축복하는 것의 목적은 그 축복, 축원, 기도가 이루어지도록 하는 것이 아닙니다. 물론 이루어진다면 좋은 일이지만 이보다 훨씬 중요한 사실은 누군가를 축복하는 순간, 서로에게 기쁨과 환희가 생겨난다는 것이죠. 눈동자에 비친 그를 축복한다는 것은 사랑을 주고받는 행위이기에, 축복을 한 것만으로도 우리의 행복은 빛나기 시작합니다.

축복하기가 어려울까요? 말 한마디일 뿐입니다. 하지만 그 말한마디가 주변의 여러 사람을 행복하게 하고, 기쁘게 하며, 그들의 사랑 빛을 밝게 만듭니다. 신기하지 않나요?

사랑 수업에서 축복의 효과는 바로 이것입니다. 사랑이 빛나게만드는 것. 그렇기에 사실 축복하는 순간 이미 결과는 성취되는것입니다. 행복해진 것만으로도 사랑을 베푼 의미는 충분하니까요. 여기에 더불어 기도의 결과가 성취된다면 그것은 본래의 목적과 더불어 주어지는 선물이기에 더 기쁠 것입니다.

기도 성취가 목적이 아님을 분명히 기억해야 우리는 사랑의 증폭에 초점을 맞출 수 있습니다. 초점이 분산된 햇빛은 종이를 태우지 못하듯 사랑이 분산되면 우리는 두려움을 태우지 못해 사랑으로 온전히 나아가지 못합니다.

군대에서 일명 스타 즉, 장군은 하늘이 낸다는 말이 있습니다.

장군에 오르기 위해서 지휘관들은 종교를 가지고 열심히 진급 기도를 합니다. 그러면서도 결과는 하늘이 낸다는 생각을 하고 있죠.

어떤 일이 성취되기 위해서는 세 가지 요소의 합이 맞아야 한다고 합니다. 첫째는 내 마음, 둘째는 네 마음, 셋째는 하늘 마음. 지휘관들은 이 사실을 본능적으로 알고 있습니다.

내가 할 수 있는 일을 열심히 하는 것은 바로 '내 마음'입니다. 열심히 일하고, 열심히 기도하는 것은 얼마든지 할 수 있는 일이니까요. 그리고 이것이 간절해지면 진급과 관련된 이들의 '네 마음'을 감동시킬 수 있어요. 또한 더욱 간절해지면 '하늘 마음'도 움직일 수 있습니다. 어떻게 이것이 가능할까요? '내 마음, 네 마음, 하늘 마음' 모두 다 사랑의 원석을 공유하고 있기 때문입니다.

우리에게 필요한 것은 간절히 바라는 마음뿐입니다. 적당히 바라면 욕심이 강렬하게 끼어듭니다. 하지만 이것을 넘어서 간절해지면 결과는 내맡긴 채 나를 잊는 경계에 들어가게 됩니다. 이렇게 무조건적인 사랑의 상태에 한순간이라도 들어가야만 이 세상 사랑의 원석은 감동합니다. 그렇게 셋의 마음이 합일되는 것이죠.

기도, 축원, 축복이 이루어지는 일은 참으로 아름다운 기적입니다. 하지만 축복의 행위가 행복의 길로 연결되기 위해서는 두 가지를 분명하게 알아야 합니다. 달콤한 기적이라는 열매도 기도, 축원, 축복의 씨앗으로부터 나왔다는 것, 그리고 사과 열매와 사과 씨앗이 다르지 않듯 사과 씨앗 그 자체도 진짜배기 기적이라는 사실을요.

내 눈동자에 비친 그 사람을 존귀한 존재로 기억하고, 예를 갖추며, 관찰하고, 찬탄하며, 공양하고, 배움을 청하며 함께 사랑을 주고받은 후 축복하는 이 행위를 잊지 마세요.

"다시 만날 때까지 몸과 마음이 건강하고 행복하기를 기도할게요."

보리심을 일으킨 사랑 보살

사랑 수업에 담겨 있는 내용의 수준은 사랑을 충분히 베풀 줄 아는 사랑 능숙자를 대상으로 하고 있지 않습니다. 사랑에 늘 배고파하는 사랑 초보자에서 벗어나고 싶은 이들을 위해 쉽고 단순한 연습 방법을 언급하고 있어요. 제시된 7가지 사랑 연습을 통해 사랑 초보자가 무조건적인 사랑에 도달하는 것이 이 수업의 목적입니다.

사랑 연습 7가지는 어찌 보면 매우 유치하게 느껴질 수도 있습니다. '먼저 다가가 인사하는 것은 다 아는 얘긴데, 무슨 비결이 될까?' 이런 의심은 충분히 들 수 있어요. 하지만 3살 아이도 알 수 있지만 80세 노인도 온전히 실천하기는 어려운 내용입니다. 아는 것보다는 실천에 그 초점이 맞춰져 있기에 사랑 '연습'인 거예요.

지금까지 사랑 연습을 잘 따라온 여러분은 이제 7번째 사랑 연습인 축복하기를 통한 사랑 베풀기에 도달했습니다. 이 순간, 연습에 공감하고 실천하기를 원한다면 여러분의 영적인 격은 사랑 보살로 한순간에 바뀌게 됩니다.

보살菩薩이라는 존재는 보리심을 마음에 품고 사랑합니다. 보리심을 가장 단순하게 표현한 문장은 '상구보리上求菩提 하화중생下化衆生, 위로는 깨달음을 구하고 아래로는 중생을 교화한다.'입니다.

사랑 수업 식으로 표현하자면 내 사랑의 빛을 깨우고 세상 모든 존재의 사랑 빛을 밝게 만들겠다는 일종의 다짐이죠.

고통을 만들어내는 원인을 이겨내고 사랑이 빛나는 행복의 길로 모든 존재를 이끌고 나가는 대장군인 이 사랑 보살은 보리심이라는 다짐에서부터 시작되는데, 이 사랑 연습 7번째는 보리심의 시작과 닿아 있습니다.

눈동자에 비친 사람을 위해 축복하는 이 행위를 삶의 습관으로 삼는 순간, 여러분은 이제 사랑을 달라고 떼쓰는 아귀가 아닌 사랑을 베푸는 것을 즐기는 사랑 보살의 행위를 하고 있는 것이 됩니다.

보살의 수행에 관한 가장 훌륭한 저서로 꼽히는 〈입보살행론〉에서는 보리심을 지니기 시작한 보살에 대해 이렇게 찬탄합니다.

"보리심을 일으키는 순간 윤회의 감옥에 갇혀 있는 불쌍한 중생이라 할지라도 고귀한 보살이라 불리며 인간과 천상 존재들의 존경의 대상이 된다."

축복의 실천을 시작했다고 해서 한순간에 현실이 바뀌는 것은 물론 아닙니다. 여전히 누군가에게 사랑받고 싶은 마음이 남아 있을 수도 있죠. 하지만 이 보리심을 품는 순간, 현재의 의식 수준과 상관없이 그는 보살로 신분이 상승합니다.

이것은 마치 왕자가 태어나는 것과 같아요. 왕가의 혈통을 이어받은 갓난아이는 특별한 일이 없는 한 무조건 왕자가 됩니다. 다른 평민 아이보다 더 똑똑하거나 똥오줌을 가릴 수 있어서 왕자인 것이 아닙니다. 혈통을 이어받았다는 사실만으로도 왕자의 자격이 충분하듯 보리심을 가진 것만으로도 보살의 자격은 충분합니다. 보리심이라는 마음에 대해서 듣는다는 건 매우 희유한 일입니다. 평범한 사람들은 스스로 온전한 깨달음을 성취하고, 나아가 모든 존재를 그 길로 책임지고 이끌겠다는 보리심에 대해 평생 한 번도 듣지 못할 가능성이 높습니다.

희박한 확률로 보리심에 대해 들었다 할지라도 이 마음을 이해하고 공감하는 확률은 또다시 희박합니다. 희박×희박한 확률이죠. 그게 다일까요? 공감하고 이해한 이 보리심을 실천할 수 있는 확률은? 희박×희박×희박한 확률이지요. 사랑 연습의 마지막인 축복하기를 실천하고 있는 당신은 이 희유한 일을 하고 있는 것인데, 보살의 자격이 없을 수 있을까요?

사랑 연습 7가지는 서로 보완하는 역할을 합니다. 한 가지만 실천해도 사랑이 빛나는 효과는 뛰어나지만 이 7가지가 온전히 모였을 때 무조건적인 사랑의 의식으로 나아갈 수 있습니다. 특히 중요한 7번째 축복하기는 사랑 아귀조차 사랑 보살로 한순간에 바꿀 수 있습니다.

내 눈동자에 비치는 사람의 본질을 꿰뚫어 보고 그를 위해 온 마음을 다해 진심으로 축원하는 사랑의 실천을 통해 사랑 보살로 변신해볼까요?

무심 기도의 신비

유교에서는 하늘의 뜻을 매우 중요시합니다. 그런데 그 하늘의 뜻이 불교에서는 인과因果의 법칙으로 표현됩니다. 복잡다단한 여러 조건이 조합되어 일어나는 일은 인간의 인지능력을 넘어서 있기에 흔히 '하늘의 뜻, 신의 뜻'이라 말하는 것이죠. 그러니 인과의 법칙은 우리가 무엇인가를 아무리 숨기려고 해도, 그것을 귀신 같이 아는 힘이 있습니다. 인과의 법칙에서 누구도 자유로울 수 없음을 〈법구경法句經〉에서는 이렇게 말합니다.

"하늘 위, 바다 밑, 깊은 동굴에서도 악행의 결과를 피할 수 없다. 하늘 위, 바다 밑, 깊은 동굴에서도 죽음의 힘을 피할 수 없다."

보여주지 않아도 압니다. 숨겨도 알고 숨어도 압니다. 하나님, 부처님, 알라, 우주, 하늘 등 무엇이라고 표현해도 좋습니다. 그 존재들은 이 세상에서 일어나는 모든 일을 귀신보다도 더 잘 압니다.

〈치료하는 기도〉에서는 다양한 유형의 통제조건을 바탕으로 여러 가지 종류의 기도를 실험합니다. 그리고 내린 결론은 가장 효과적인 기도는 역설적으로 아무것도 바라지 않는 무심無心 기도라고 합니다. 정말 반전 아닌가요?

사람의 본성은 사랑입니다. 이 사랑이 나타나는 모습은 사량이죠. 마음에 품고 있는 그것이 사랑하는 것입니다. 또한 이 사랑을 적극적으로 말과 행동으로 표현하는 것은 경애의 태도입니다. 우리가 기도를 마음에 품고 있다는 것은 사랑한다는 것입니다. 그리고 그 내용은 비국소적非局所的으로 온 세상에 전달됩니다.

비국소적이라는 어려운 단어를 잘 이해할 수 있는 실험 하나를 소개하겠습니다. 양자물리 학자들이 청년 A의 입안에서 작은 세포 하나를 떼어내 잘 보관한 후 3km 떨어진 실험실로 옮겼습니다. 그리고는 A에게 다양한 종류의 음악을 들려주며 심리변화를 측정했죠. 이와 같은 시간대에 A에게서 떨어져 나온 세포의 변화를 관찰했는데, 그 결과는 어땠을까요?

놀랍게도 A의 심리변화는 세포에도 그대로 전달되었고 심지어 심리변화와 세포의 반응이 동시에 이루어졌다고 합니다. 정보가 전달되는 데 있어서 시간적 지연이 거의 없었다는 것이죠.

이런 종류의 실험을 충분히 한 후 양자물리 학자들은 흥미로운 결론을 도출했습니다. 양자는 한 번이라도 접촉한 양자와는 시간과 공간을 뛰어넘어 정보의 공유관계를 형성한다는 것이죠. A와 B가 악수를 했다면 A가 안드로메다로 날아 가더라도 B와 동시적으로 정보를 공유한다는 의미에요.

세상의 모든 존재는 한 다리씩 걸쳐서 이미 접촉했습니다. A와 B가 접촉했다면 B에는 A의 정보가 묻게 되죠. 이런 상황에서 C와 B가 접촉하면 C는 A와도 접촉한 것이 됩니다. 이런 식으로 모든 존재는 이미 중첩된 거예요. 그렇기 때문에 이곳에서 일어난 일이 온 우주에 동시적으로 정보를 전달하게 되는데, 이를 비국소적이라고 표현합니다.

이와 같은 원리로 우리가 마음에 무엇인가를 품는 순간, 온 세상은 그 내용을 귀신같이 알아차립니다. 굳이 '제 소원은 이거에요.'라고 언어화할 필요가 없는 것이죠. 만약 굳이 반복해서 소원을 말해야만 신앙의 대상이 알 것이라고 생각한다면 그것은 그가 귀신보다도 못하고, 양자보다도 못하다고 무시하는 마음인 겁니다. 어떻게 생각하세요, 동의하시나요?

소원은 이루어진다

　사랑하는 것은 분명히 현실이 됩니다. 기도한다는 것은 소원을 마음에 품는 것이고 이것은 분명 현실로 이뤄져야 정상입니다. 하지만 우리들의 소원이 이루어지지 않는 단 하나의 원인이 있습니다. 자아의 개입이 소원 성취를 방해합니다.

　우주는 마음에 간절하게 오랫동안 품고 있는 것을 소원으로 인식합니다. 하지만 사람들은 소원을 언어화하여 말하는 순간 때때로 반대로 내뱉는 경우가 많아요.

　예를 들어 평소에 화를 잘 내는 사람이 있다고 해보죠. 그는 분노를 존경하고 사랑하고 있기 때문에 항상 마음의 분노를 품고 있어요. 당연히 이 우주는 그의 소원을 접수하여 분노를 현실로 만들어줍니다. 그런데 부처님 앞에서 소원을 말할 때면 반대로 말을 합니다.

　"사람들과의 관계가 좋아지기를 발원합니다."

　마음에는 분노를 품고 있으면서 사람들과의 관계가 좋아질 수 있을까요? 이 우주가 만약 인격을 가지고 있다면 황당하게 생각할지도 몰라요. 우주가 바라보는 소원은 마음에 자주 품고 있는 그것이지 언어화 한 문장이 아닙니다. 언어화 한 문장으로써의 소원이 이루어지지 않는 것은 그것이 진짜 소원으로 접수되지 않기 때문입니다.

소원은 어떤 것이든 이루어집니다. 우리의 삶은 사랑하는 그것으로 채워지기 마련이죠. 우주는 소원을 판별하는 나름의 원칙이 있고, 그것은 얼마나 사랑하느냐의 기준뿐입니다. 그러니 굳이 언어화한 소원으로 이중 접수할 필요가 없는 거예요. 상반된 소원을 접수하면 언어화한 소원이 이루어지지 않아, 소원은 이루어지지 않는다는 의심만 강해질 뿐입니다. 반대로 무심하게 특별히 언어화된 소원이 없음에도 불구하고 원하는 대로 다 이루는 인생을 사는 이들에게는 이런 의심이 없습니다.

부처님도, 하나님도, 알라도, 진리도, 우주도, 심지어 양자까지도! 우리가 무엇을 사랑하고 소원하고 있는지 이미 알고 있습니다. 소원을 이루고 싶다면 사랑의 방향성을 바꾸면 돼요. 그럼 그냥 귀신같이 알아서 소원을 이루어주는 것이 이 세상입니다.

스님들의 기도는 대개 별다른 개인적인 소원이 없습니다. '일체중생一切衆生 개공성불도皆共成佛道, 모든 존재가 다 함께 행복해지기를 발원합니다.'라는 큰 발원뿐입니다. 이런 발원을 마음에 품고 그냥 무심히 수행하면서 살아가면 자아의 개입을 통한 가짜 소원의 방해가 점점 줄어드니 당연히 '원하는 대로' 삶이 이루어질 확률이 높아지죠.

우리는 무심 기도의 효과를 이미 무의식적으로 알고 있습니다. 지금까지 모든 삶의 경험들이 바로 무심 기도가 이룬 결과물이었거든요. 다만 그 경험들이 무심 기도의 결과물인 줄 인식하지 못했을 뿐입니다. 그 결과물이 스스로 바라는 가짜 소원과는 거리가 멀었기에, 원하는 것이 모두 이루어지는 세상의 진실을 명확하게 공감하지 못했던 것입니다.

이처럼 무심하게 마음에 품은 것이 이루어지는 삶을 우리는 살아가기 때문에 정말 중요한 것이 바로 큰 발원입니다. 큰 발원은 무의식에 흐르는 삶의 방향을 결정하기 때문입니다.

모든 존재의 사랑 빛을 밝히고 다 함께 행복의 길로 나아가겠다는 보리심을 마음에 품는 것, 이것이 매우 중요합니다. 보리심은 한 번 일으키면 완성되는 것이 아니라 매일 매 순간 기억날 때마다 더욱 강렬하게 완성해나가는 것입니다.

일주일에 하루는 내 눈동자에 비치는 사람을 진심으로 축복하는 연습을 해보세요. 무조건적인 사랑의 마음을 체득할 수 있을 때까지 7가지 사랑 연습의 실천을 통해 견고한 보리심을 마음에 품고, 태양 같은 사랑의 빛을 현실화하는 사랑 보살의 길을 걸으시길 축원합니다.

5장 무조건적인 사랑

사랑의 흐름을 만들 때까지

축하합니다. 여러분은 단순하지만 강력한 사랑 연습 7단계를 수료하였습니다. 이쯤 되면 이런 질문을 할 수 있습니다.

"사랑 연습은 언제까지, 얼마나 해야 하나요?"

반문하겠습니다. 건강을 위한 운동은 언제까지, 얼마나 해야 할까요? 건강해지기 전에도 해야 하지만 건강해진 후에도 역시 계속해야 하지 않나요?

운동으로 다이어트를 하는 것은 매우 어려운 일이라고 합니다. 왜 그럴까요? 운동을 하면서 소비하는 열량보다 운동한 후 먹는 열량이 더 높기 때문입니다. 물론 초인적인 인내심으로 안 먹고 버틴다면 성공하겠지만 대개의 사람은 배고프면 먹고 말 테니까요.

이렇게 운동 후 먹으면서 다이어트를 하면 사실상 시간이 지날수록 살이 더 찔 수 있다고 합니다. 다이어트를 위해 열심히 운동했는데 몸무게는 더 늘어난다? 이 얼마나 황당한 일인가요. 운동만으로는 불가능해 보이는 다이어트에 대해 합당한 반론을 제기할 수도 있습니다.

"운동을 한다는 것은 단순히 열량을 소모해서 살을 빼는 것이 아니라 체질 자체를 바꾸는 것이다."

체질이 바뀐다는 것은 무엇일까요? 신진대사량이 높아진다는 것이고, 건강해져서 일상생활이 살찌지 않는 습관으로 바뀐다는 것이며, 비만세포가 줄어든다는 것이고, 운동을 통해 스트레스가 풀려 음식 먹는 습관이 바뀐다는 것입니다. 다이어트와 건강에 유리한 다양한 습관들이 형성되는 것이죠.

운동하는 하나의 습관이 핵심습관이 되어 여러 가지 상호작용을 일으키면 다양한 효과가 나타납니다. 왜 이 이야기를 하는 걸까요?

사랑 연습을 언제까지 해야 할지에 대한 첫 번째 대답은 바로 사랑의 습관이 생겨날 때까지는 해야 한다고 말하기 위해서입니다. 경애의 태도가 습관으로 자리 잡고 그것이 삶의 체질로 바뀌어버리면 하나의 강렬한 흐름이 생기게 됩니다. 그때까지는 사랑 연습을 반복하고 또 반복해야만 해요.

사랑을 주고받는 것이 삶의 흐름으로 형성되면, 그때부터는 사랑 연습을 의식적으로 하지 않더라도 배고프면 밥 먹듯이 자연스럽게 실천할 수 있을 테니까요. 또한, 맛집을 찾아다니며 먹는 것이 행복하듯 사랑을 주고받는 것 자체가 순수하게 행복한 일이될 테니까요.

〈보현행원품〉에서는 언제까지 찬탄을 반복해야 하는지에 대해 이렇게 말합니다.

"이와 같이 하여 허공계가 다하고 중생계가 다하고 중생의 업이 다하고 중생의 번뇌가 다 해도 나의 함께 기뻐함은 다함이 없어 생각생각 상속하여 끊임이 없되 몸과 말과 뜻으로 짓는 일에 지치거나 싫어하는 생각이 없느니라."

허공이 끝나는 날이 있을까요? 중생의 번뇌가 끝나는 날이 오긴 올까요? 그냥 계속해야 한다는 것입니다. 사랑의 주고받음은 영원히 반복되어야 한다는 것이죠.

영원? 너무 지겹고 힘든 일 아닐까요? 이런 의문이 드는 건 사랑의 체질로 바뀌기 전까지입니다. 낯선 일을 익숙하게 만드는 과정이 힘든 것이지, 좋아하고 사랑하는 일을 즐겁게 할 때는 결코 힘이 들지 않습니다. 오히려 그만하라고 못 하게 하면 그게 더 힘들겠죠.

흐름이 생성된 후에는 '내'가 해야 할 일은 없습니다. 튜브를 타고 가만히 누워서 편안하게 그 흐름을 따라 사랑천 래프팅을 즐기면 그만입니다. 맛있는 음식을 즐기듯, 좋아하는 음악을 듣듯 그렇게 즐길 수 있게 됩니다.

2016년 후반기 대중들의 마음을 훔친 드라마 〈도깨비〉에는 이런 명대사가 나옵니다.

"너와 함께 한 시간 모두 눈부셨다. 날이 좋아서, 날이 좋지 않아서, 날이 적당해서 모든 날이 좋았다."

사랑의 흐름이 생성된 삶은 이렇듯 기분이 좋은 날도, 화가 나는 날도, 마음이 가라앉은 날도, 괜스레 슬픈 날까지도 모든 날이 사랑하기 좋은 날입니다.

다시 한번 강조하자면 우리들의 사랑 연습에 노력이 필요한 시기는 흐름이 생성되기 전까지입니다. 사랑의 체질로 바뀐 후에는 어떤 노력도 들지 않아요. 그저 사랑을 주고받고, 이로 인해 주변이 행복해지는 것을 즐겁게 구경만 하면 됩니다.

중요한 건 흐름이 생기기 전에 지치거나 싫어하지 않아야 한다는 점입니다. 우리에게 필요한 것은 오직 이것뿐입니다. 그렇게 체질이 바뀌면 무조건적인 사랑의 의식에 도달하고, 사람을 초월하는 대성인의 길까지도 흐름을 타고 나아갈 수 있을 것입니다.

언제까지 해야 하냐고요? 계속. 시간을 초월하는 그 순간까지 계속일 뿐입니다.

무조건 무조건이야

무조건이라는 말은 무엇일까요? 조건이 필요 없다는 말입니다. 조건은 어떤 일을 이루게 하거나 이루지 못하게 하려고 갖추어야 하는 상태나 요소를 말하죠.

요즘 아이들에게 하기 싫은 공부를 시키면서 부모님들은 이런 조건을 내걸더군요. 용돈을 주겠다, 놀게 해주겠다, 선물을 주겠다 등. 하지만 스마트폰 게임을 하게 한다면 어떨까요? 무조건 합니다. 시키지 않아도 계속 즐겁게 할 수 있죠.

무조건이란 아무런 조건 없이 그 일을 할 수 있는 상태를 말합니다. 그렇기에 무조건적인 사랑은 이것저것 조건을 따질 필요도 없고, 아무런 대가도 없이 그냥 즐겁게 사랑을 주고받을 수 있는 의식 상태를 말합니다. 그런데 이러한 무조건적인 사랑에 정말 아무 대가가 없을까요? 절대 그렇지 않습니다. 조건에 대한 대가보다 더욱 중요한 대가가 있는데 그것은 바로 지극한 행복감입니다. 하루야마 시게오春山茂雄는 〈뇌내혁명脳內革命〉을 통해 이 무조건적인 사랑의 의미심장한 진실 하나를 밝혔습니다.

인간이 욕망을 추구할 때는 대개 아드레날린 계열의 호르몬이 나와 몸을 긴장 상태로 만듭니다. 인간이 욕망하는 것은 대개가 희소성이 있기 때문에 그것을 가지기 위해서는 반드시 경쟁해야 하기 때문이죠. 그렇게 잔뜩 긴장하고 싸워서 욕망의 대상을 성취했을 때는 아주 잠깐 엔도르핀 계열의 호르몬이 나와 만족감을 누리게 합니다. 우리는 이 잠깐의 단물을 먹기 위해 오랜 시간 아드레날린 주사를 맞고 있는 상황이죠.

내 집 마련을 위해 20년간 노력한 사람이 있다고 해보죠. 이 사람이 집을 산다면 매우 만족하겠죠? 그런데 그 만족이 얼마나 갈까요? 1년은 갈 수 있을까요? 물론 그 만족감이 계속 이어질 수도 있지만 평균적으로 길면 3개월 정도의 유효기간이 주어질 것입니다. 사실상 일주일이면 처음과 같은 행복한 느낌은 사라지죠. 오히려 허망함이 찾아오고 또다시 다른 것을 욕망하기 바빠집니다.

자연계는 균형을 맞추는 것을 좋아하기 때문에, 인간이 무엇인가를 성취했을 때 느끼는 엔도르핀의 만족감이 끝난 후에는 엔도르핀이 분비된 그만큼 아드레날린을 내뿜는다고 합니다. 이것이 만족은 짧고 또다시 허망함과 함께 찾아오는 다른 욕망의 정체입니다.

아드레날린이 이렇게 분비되는 것의 치명적인 단점은 이 호르몬이 온몸에 도달한 후 남기는 찌꺼기가 우리 몸에 치명적인 독성으로 작용한다는 점입니다. 예를 들어 우리가 무엇인가를 강렬하게 욕망할 때 아드레날린이 심장에 도달했다면 우리는 그 강렬한 욕망만큼 강렬한 독주사를 스스로 심장에 꽂고 있는 것입니다. 무서운 일이지 않나요?

보리심의 서원

〈뇌내혁명〉에서는 욕망과 호르몬의 관계를 언급하고는 인간이 가진 매우 특별한 욕망에 대해 말합니다. 돈, 애욕, 명예, 성공에 대한 욕망과는 달리 엔도르핀만 끝없이 나와 자연계의 법칙마저 무너뜨리는 특별한 욕망이죠.

이 욕망은 바로 보리심입니다. 책에서는 자기완성의 욕구와 봉사의 욕구로 표현했는데, 이것이 바로 상구보리^{자기완성} 하화중생^{봉사}의 욕구입니다. 다른 모든 욕망을 추구할 때 우리는 독주사를 자신의 몸에 꽂는 반작용을 피할 수 없지만, 오직 이 보리심이라는 욕망만은 우리에게 끝없는 엔도르핀을 선물합니다.

마르지 않는 행복의 원천을 우주가 인간에게 선물한 이유는 무엇일까요? 인간이 걸어야 할 올바른 길을 자연계의 일반적인 법칙을 무너뜨리면서라도 알려주고 싶었던 것은 아닐까요?

불교에서는 보리심에 대한 욕망은 모든 욕망을 끊어버리는 욕망이기에, 욕망이라 부르지 않고 서원^{誓願}이라고 이름 합니다. 보리심이라는 서원의 길은 인간이 이 세상에 태어난 일대사인연^{一大事因緣}, 즉 가장 중요한 길이라고 말하죠.

우리는 이미 온전한 붓다이기에 우리가 걸어갈 길은 하나로 정해져 있습니다. 무조건적인 사랑을 베풀며 모든 존재와 함께 행복의 길을 걷는 것이죠. 오직 이것뿐임을 여러 성인이 입을 모아

이야기하고, 과학계에서 밝히고 있으며, 인간의 호르몬도 말하고 있습니다. 행복을 누리고 싶다면 이 길을 가야 하지 않을까요?

무조건적인 사랑의 길은 다른 대가가 필요 없습니다. 그 대가가 맛보여주는 잠깐의 단물이 필요 없는 것이죠. 보리심의 실천인 무조건적인 사랑을 주고받으면 끝없는 엔도르핀이 나오니 마르지 않는 꿀단지를 하나 얻은 것이나 마찬가지입니다. 그깟 단물 조금이 중요할까요? 더군다나 단물 조금 주고 곧바로 독주사를 맞아야 하는데, 꿀단지를 이미 찾은 이들에게 과연 조건부 욕망이 여전히 매력 있을까요? 대답은 NO입니다.

하나님이 인간을 창조했다면 무조건적인 사랑의 길로 향하는 것이 하나님이 설계한 인간 삶의 뜻일 것입니다. 부처님이 모든 것을 아는 일체지자一切知者라면 당연히 그 가르침의 길은 무조건적인 사랑의 길로 향할 것입니다. 또한 사랑이 진리의 길이 맞다면 과학, 철학 등 진리를 추구하는 모든 학문도 역시 무조건적인 사랑, 즉 보리심으로 통하게 되어 있습니다.

사랑 아귀에서 사랑 보살이 되기 위해 지금까지 조건부로 사랑을 주는 연습을 한 것은 정말 훌륭한 시도이고 찬탄 받아 마땅합니다. 하지만 거기서 멈추면 안 됩니다. 무조건적인 사랑의 영역으로 나아갈 때까지, 사랑의 체질로 바뀔 때까지, 사랑의 흐름이 생길 때까지 결코 멈추면 안 됩니다.

사랑 아귀가 사랑 보살의 태도를 조금이라도 연습하면 삶이 정말 바뀝니다. 스스로 감정 선글라스를 바꿔 끼니 세상이 달라 보이는 것뿐만 아니라 실제로 주변의 조건과 상황이 바뀌어 나갑니다. 보다 살기 좋게, 행복하게 바뀌는 것이죠.

이때 조심해야 합니다. 대부분의 사람이 사랑의 체질로 바뀌는 티핑 포인트tipping point, 즉 극적 전환점까지 참지 못하고 사랑 연습의 반복을 멈춥니다. '이만하면 살만하다. 언제까지 해야 할지 기약이 없다.' 등의 이유로 그 자리에 멈춰 버리는 것이죠.

사랑 보살의 흐름을 만드는 것은 하나의 전쟁입니다. 사랑 아귀가 판치는 세상에서 그들이 만든 불타는 아귀의 흐름에 휩쓸리고 싶지 않다면 치열하게 사랑 보살의 흐름을 만들어내야 합니다. 멈추는 순간 다시 휩쓸립니다. 아직 강렬한 흐름이 없고 저항력이 부족하기 때문이죠. 흐름이 만들어지는 그 순간인 티핑 포인트를 바로 한 발짝 남겨두고 다시 뒤로 휩쓸려가는 안타까운 경우를 수없이 목격합니다. 부디 무조건 사랑이 될 때까지 멈추지 마세요.

한 발짝 더 나아갈 때 인간이 삶에서 누릴 수 있는 최고의 경험, 최고의 행복이 그곳에서 우리를 기다리고 있습니다. 그곳이 바로 유토피아, 천국, 극락이죠. 우리의 의식이 바뀔 때 내 안의 극락이 깨어납니다. 무조건적인 사랑의 의식으로 이사해서 이 글을 읽는 우리 모두 지극한 행복을 체험하며 함께 웃을 수 있었으면 합니다. 무조건 사랑이 될 때까지 멈추지 마세요.

사랑은 비난하지 않아

"무조건? 난 아직 조건부 사랑도 베풀지 못해."

"사랑 연습? 7가지나? 나에게는 너무 어려워."

"다른 사람들은 이 글 읽고 충분히 변했을까?"

"나만 아무것도 변하지 않은 게 아닐까?"

혹시 이런 생각을 하고 있다면 안심해도 좋습니다. 왜냐고요? 사랑은 비난하지 않거든요. 무조건적인 사랑이 안 된다고요? 전혀 상관없습니다. 평범한 우리에게 무조건이 안 되는 것은 너무나 당연한 일이니까요. 조건부라도 사랑을 베푼다는 것 자체가 이미 기적이고 존귀한 행동입니다. 괜찮습니다.

조건부도 잘 안 된다고요? 그래도 괜찮습니다. 조건부로 사랑을 베풀려고 마음을 내서 시도해봤다는 사실이 훌륭한 일이고 기적입니다.

아직 실천할 마음도 못 냈다고요? 괜찮습니다. 실천해야 할 것이 무엇인지를 안다는 것은 사랑 연습을 지금까지 정독했다는 것인데, 그것만으로도 멋진 시도고 훌륭한 행동이며 이미 충분히 기적입니다.

사실 아직 정독을 못 했다고요? 책을 처음 펼쳤는데 이 페이지였다고요? 훌륭합니다. 사랑을 연습하기 위해 이 책을 손에 잡았다는 사실 그 자체만으로도 찬탄 받아 마땅한 기적입니다.

사실 연애를 하고 싶어서 책을 잡은 거라고요? 잘하셨습니다. 사랑 연습을 충분히 행하면 사람을 사랑할 수 있는 힘이 커집니다.

왜 제가 다 괜찮다고 말하고, 기적이라고 표현할까요? 이것이 사랑의 관점이기 때문입니다. 사랑은 7가지 사랑 연습 중 1가지밖에 못했다고 비난하는 게 아닙니다. 그런 건 경애의 태도라 할 수 없죠. 자신의 나라 왕자님이 그랬다고 해도 비난할까요? 그것은 그 존재를 거지로 생각하는 것입니다.

사랑은 7가지 사랑 연습 중 1가지나 실천했다는 사실에 감탄하며 칭찬하는 태도입니다. 1가지를 연습한 그 사랑의 잠재력에 놀라워하며 앞으로도 함께 사랑 연습을 하자고 축복하고 손 내미는 태도입니다. 그러니 아무 걱정 안 하셔도 됩니다. 당신은 이미 사랑받아 마땅한 사람이니까요.

산청 내원사에 도반 스님과 방문했다가 갑작스럽게 법문을 해야 하는 자리가 마련되었습니다. 그날 함께 한 여러 법우님과 사랑을 연습하는 방법에 대해 질의응답 시간을 가진 후, 마무리로 7가지 사랑 연습을 알려주겠다고 했더니 나이 지긋한 법우님이 이렇게 말하더군요.

"스님! 7가지는 너무 많아요. 한 가지로 줄이면 안 될까요?"

누구나 마음에 이런 부담을 짊어질 수 있습니다. 조건부로 사랑받아 온 우리의 과거가 완벽하게 잘 해야만 비난을 받지 않을 거라는 강박관념을 만들어 놓은 것입니다.

그런데 말입니다. 정말로 괜찮습니다. 안심하셔도 좋습니다. 당신은 그냥 존재하는 것만으로 아무런 조건 없이 사랑받아 마땅한 존귀한 존재입니다.

사랑을 연습하는 방법을 7가지로 나눠서 말했지만 사실은 1가지를 말한 것입니다. 사랑을 베푸는 것, 오직 이것뿐입니다. 사랑 베풀기 연습을 7가지로 나눠서 이야기한 것은 '7가지를 다 실천해야 맞고, 그중에 하나라도 하지 못하면 잘못된 것이다.'라는 의미가 아닙니다.

사람들의 성향은 모두 다르고 익숙하게 실천할 수 있는 내용이 다릅니다. '7가지 중 하나라도 자신에게 잘 맞는 연습을 실천하기 바랍니다.'라는 마음에서 다양한 사랑의 실천을 마련한 것입니다. 이런 마음으로 준비한 사랑 연습을 누군가 하나라도 실천한다면 환희로워하며 찬탄하는 것이 바로 사랑의 태도입니다.

하나만 실천해도 좋습니다. 더 나아가 두 가지를 실천한다면 더 기쁠 것입니다. 반대로 아무것도 실천하지 않고, 읽기만 해도 좋고 아직 읽지 못했어도 상관없습니다. 당신은 무조건적인 사랑을 받을 자격이 이미 충분하니까요. 우리가 무엇인가를 해야만 조건부로 사랑받을 수 있는 그런 존재가 아니라는 것을 분명히 기억해두세요.

사랑 수업이라는 책도, 그 안에 담긴 사랑 연습도 그 자체로 하나의 존재입니다. 그렇기에 사랑의 원석을 당신 그리고 이 세상과 공유하고 있습니다. 이 사랑 수업은 당신을 무조건 사랑합니다. 당신의 행위를 조건 없이 지지합니다. 항상 간절한 마음으로 당신을 응원하고 당신의 행복을 축복합니다. 그런 사랑의 빛이 방사되는 수행법입니다.

다시 한번 강조하겠습니다. 사랑은 절대로 비난하지 않습니다. 그러니 더 이상 사랑받지 못할까 봐 두려워하며 움츠러들지 마세요. 그럼 마음이 오히려 닫혀 버리잖아요. 이 사랑 수업 속에서 안심하고, 할 수 있는 만큼 사랑을 실천해보면 됩니다.

무조건적인 사랑을 베풀어주는 어머니의 된장찌개에 안심하듯, 집에서 나를 기다리던 반려견이 미친 듯이 꼬리를 흔들며 배를 뒤집고 하트가 가득 담긴 눈빛을 날릴 때 안심하듯, 그렇게 사랑 수업이 방사하는 사랑의 빛 안에서 모두 안심했으면 좋겠습니다. 우리가 태어난 근본인 이 사랑 안에서 모두 행복했으면 좋겠습니다. 삶의 모든 경험은 오직 사랑뿐이기에 그 속에서 우리 모두 평화로웠으면 좋겠습니다.

붓다는 무조건적인 사랑의 중요성에 대해 이렇게 표현했습니다.

"다른 사람을 어떤 이유에서든 비난한다면 그것은 수행자가 아니다."

보리심을 마음에 지닌 것이 수행자입니다. 대자비를 품은 존재가 이유 불문하고 누군가를 비난한다면, 그 순간 그 사람은 수행자가 아닙니다. 사랑 안에는 어떤 이유에서도 비난이 공존할 수 없으니까요.

붓다의 자비는 무조건입니다. 예수의 아가페도 무조건이죠. 세상의 모든 성인이 가진 전 인류적 사랑 안에서 우리 모두 평안하길 기도합니다.

모습에 속지 마세요

혹시 사랑을 베푸는 모습은 이러해야 한다는 선입견이 있나요? 그런 선입견에 부디 속지 마세요. 사랑이 나타나는 모습은 모두 다르니까요. 물론 상대를 마음에 품고, 경애의 태도를 보여주는 것은 공통되겠지만, 이 마음이 어떤 모습으로 나타날지는 알 수 없는 일입니다.

출가한 직후 모시고 공부를 했던 노스님은 세계적으로 유명한 고승입니다. 스님들에게도 일종의 족보가 있는데 불심 도문스님은 제게 할아버지 스님이시죠.

노스님은 깨달음에 가까운 존재였습니다. 하지만 노스님의 사랑이 나타나는 방식은 천차만별이었죠. 노스님을 친견하기 위해 찾아오는 이들에게는 더없이 겸손하고, 친절하며, 따뜻한 모습을 보이셨습니다. 또한 선을 행하는 제자에게도 나이 상관없이 큰 존경을 표현하셨죠. 하지만 악을 행하는 제자에게는 호랑이보다 더 무서운 모습을 보여주셨는데, 그럴 때는 입에 담기 힘든 욕설도 서슴지 않으셨습니다.

그래서 노스님에게 공부한 제자들은 각자 노스님에 대한 다른 이미지를 간직하고 있습니다. 누군가에게는 무서운 스님이지만 누군가에게는 솜사탕처럼 부드러운 스님이셨죠. 노스님은 사랑을 일관되게 베푸셨지만, 그 대상이 되는 사람의 수준에 따라 차별적인 모습을 보여주신 거예요.

무조건적인 사랑의 의식을 넘어서기 시작하면 그 찬란한 사랑의 빛이 자아라는 착각을 지우기 시작합니다. 그럼 점점 더 고정된 자아의 특성이 사라집니다. 상대방에 맞춰서 천차만별의 모습으로 변화할 수 있게 되는 것이죠.

최상의 지혜를 품고 있는 〈금강경金剛經〉에는 깨달은 존재의 특징을 이렇게 표현합니다.

"모든 성인은 무위법無爲法으로써 차별된 모습을 나툰다."

깨달음의 지혜 그리고 자비가 일관된 모습으로 나타날 것이라고 우리는 생각하지만 안타깝게도 사람마다 나타나는 모습은 다릅니다. 깨닫기 이전에 가지고 있는 그의 성향, 특징과 깨달음이 어떻게 결합하느냐에 따라 다른 조합식이 형성되는 것이죠. 여기에 더해 순간순간 어떤 대상과 상대하느냐에 따라서도 그 모습이 다르게 변화하니 도저히 예측할 수 없습니다. 진정으로 역동적인 무상無相의 변화를 보여주죠.

우리는 모두 사랑의 원석이라는 공통점을 가지고 있지만 마음에 품고 있는 대상은 다 다릅니다. 그렇기에 이 세상에는 무한한 개성이 존재하는 것이고, 개성마다 다르게 사랑을 표현하는 것입니다. 누군가는 유머 있게, 누군가는 진지하게, 누군가는 침묵으로, 누군가는 시끄럽게 사랑을 표현하죠. 사랑이 나타나는 모습은 이렇게나 다릅니다.

고정된 사랑의 이미지에 묶이는 순간, 내가 원하는 방식의 사랑을 표현하지 않으면 상대방이 잘못된 것이라 오해하게 됩니다. 또 누군가의 사랑이 정답이라고 생각해 그 모습을 흉내 내지만, 잘 맞지 않는 남의 옷을 입은 꼴입니다. 물론 흉내 내기로 시작하는 것이 괜찮은 전략이 되기도 하지만, 결국은 나에게 꼭 맞는 옷을 찾아 입어야 한다는 것을 잊지 말아야 합니다.

　사랑에는 정답이 없습니다. 자신이 할 수 있는 방법으로 사랑을 실천하세요. 세상의 관념에 얽매일 필요는 없습니다. 사랑이 꼭 이래야 한다는 절대적인 규칙은 없어요. 사랑 수업에서 언급한 말에도 집착할 필요가 없습니다. 이 모든 말은 그저 하나의 샘플일 뿐이니까요. 이 샘플을 바탕으로 사랑을 연습하고 자신에게 딱 맞는 사랑 옷을 찾아내야 합니다.

　아무리 좋아 보이는 옷도 나한테 맞지 않으면 천 쪼가리에 불과합니다. 모습에 속지 않는 지혜로써 세상에 단 하나밖에 없는 나만의 사랑 옷을 빨리 찾아 자유로워지길 바랍니다.

우리는 이미 완벽하다

산청 송덕사로 이사하기 전, 다실에는 벽화 대신 큰 글씨 하나가 적혀 있었습니다.

"기도旣到, 이미 도착했다."

그래서 다실 이름도 기도실이었죠. 이 글씨를 본 사람들은 물었습니다.

"이미 도착했다니…. 너무 충격적입니다. 뜻을 설명해주시겠어요?"

그 뜻을 지금부터 설명하겠습니다. 사람은 사랑으로 이루어진 존재라는 것을 배우기 전 조건부로 사랑을 주고받을 때는 정말 다양한 것들이 필요했습니다. 아름다워야 하고, 똑똑해야 하며, 착해야 하고, 남들 마음에 들어야 하며, 돈도 잘 벌어야 하고, 말도 잘 해야 하는 등 사람들의 취향에 맞추기 위해서는 많은 것이 필요하다고 느끼죠.

모든 사람에게 사랑받고 싶다는 것은 매혹적이지만 환상일 뿐입니다. 이 환상에 빠지면 항상 자신은 무엇인가 모자란 존재로 느껴져요. 취향이 같지 않은 그들 모두를 만족하게 할 방법은 없으니까요. 만약 그 모든 조건을 갖추어야 사랑받을 수 있는 것이 진실이라면 이 세상은 참 우울할 것입니다. 채우고 채워도 끊임없이 새어나가는 밑 빠진 항아리를 붙잡고 씨름하는 느낌일 테니까요.

하지만 사랑을 주고받는 데는 아무런 조건도 필요 없는 것이 진실입니다. 위대한 예술가들은 이 진실을 눈치 챘기 때문에 보통 사람의 감성을 뛰어넘었고, 아름다운 사랑의 세계를 표현한 작품들로 수많은 인류에게 감동을 줄 수 있었습니다. 위대한 예술가 파블로 피카소Pablo Picasso는 이렇게 말했죠.

"아름다움이란 존재하지 않는다. 나는 사랑하거나 미워할 뿐이다."

우리가 조건부의 사랑에서 벗어나 무조건적인 사랑의 의식을 알아채기 시작할 때, 모든 존재는 있는 그대로 온전하고 아름다운 모습을 우리에게 보여주기 시작합니다.

조건부 사랑의 눈을 통해 세상을 볼 때는 자신만의 잣대가 장애가 되어 미추美醜의 구분이 있었습니다. 하지만 그 장애가 사라진다면 바닷가의 붉은 석양만 아름다운 것이 아니라, 버려진 음식물 쓰레기 더미의 붉은 김칫국물도 그 자체로 충분히 아름답다는 것을 알아볼 수 있는 안목이 생기는 것입니다. 그때부터는 있는 그대로 아름답고 존귀한 그 존재를 내가 사랑할 것인가 말 것인가를 결정하는 것이 중요할 뿐입니다. 피카소의 말은 이 지점에서 나온 외침이죠.

여기서 더 나아가 무조건적인 사랑의 의식에 머무르기 시작하면 이제는 싫어한다는 보기 자체가 사라지고 단 하나의 보기, 무조건 사랑한다만 남게 됩니다. 무엇인가를 혐오하는 마음 자체가 강렬한 사랑의 빛에 의해 녹아내리기 때문이죠. 특별히 무엇을 더 좋아하지도 않지만, 무엇인가를 싫어하지도 않는 평등심에 대한 감이 잡히기 시작하는 것입니다.

우리는 모두 이미 완벽합니다. 이미 존재하는 그 완벽함을 바라보는 안목이 아직 없을 뿐이에요. 미술품 보는 법을 모르고 처음 미술관에 가면 흥미도 없고 어리둥절할 뿐이지만, 안목이 생긴 다음 다시 미술관에 가면 정말 흥미롭고 재미있습니다. 아는 만큼 보이기 때문이죠.

모든 존재가 이미 온전하다는 안목을 가지기 위해서 무엇인가를 많이 알아야 하는 것은 아닙니다. 오히려 이 길은 아는 것들로부터 점점 더 자유로워짐으로써 안목이 열리게 됩니다. 모든 정보에 집착하지 않고, 묶여 있지 않을 때 있는 그대로를 볼 수 있는 자유로운 안목이 열리기 때문이죠. 플러스보다는 마이너스가 필요한 길입니다.

우리는 이미 온전합니다. 더 배울 필요도 없고, 더 예뻐질 이유도 없습니다. 사람은 본래 사랑의 원석이기 때문에 사랑받기 위해 더 필요한 것은 아무것도 없습니다. 갓난아기가 이 세상에 처음 발을 내디딜 때 그 소중한 존재를 가족들이 아무 조건 없이 사랑해주지 않나요? 또한 그 아이가 나이 들어 죽음을 맞이할 때 가족들은 역시 아무 조건 없이 그 존재가 하루라도 더 자신들 곁에 있어 주기를 희망합니다. 아무런 조건 없이 그냥 존재만으로도 사랑하는 것이죠.

본래 있는 그대로 아름답고, 본래 사랑으로 이루어져 있는 우리가 왜 사랑을 받기 위해 전전긍긍하나요? 그것은 이미 모든 걸 갖춘 왕자가 자신의 정체성을 잃어버리고 거지인 척하는 것입니다. 이제 사랑만 받고 싶어하는 그 거지의 욕망을 버려버리세요. 모든 사람에게 인정받아 사랑받고 싶은 그 자존감 낮은 판타지는 우리를 고통으로 이끄니, 지금 당장 저 멀리 던져버리세요.

사랑 아귀의 안목으로 보면 나를 포함한 우리는 모두 부족한 존재들입니다. 항상 배가 고프고 허기를 채우지 못해 욕망의 불이 온몸을 태우는 그런 부족한 존재입니다. 아귀 눈에는 아귀만 보이니까요.

그러니 사랑 아귀의 관점은 이제 내다 버렸으면 합니다. 그냥 우리 모두 존귀하다는 사실을, 사랑받아 마땅하다는 것을 인정하고 사랑을 베풀면서 살았으면 합니다. 그렇게 사랑 아귀 그만하고 사랑 보살이 되었으면 합니다. 조건부 사랑에 목매며 이것저것 복잡하게 따지지 말고 모든 존재에게 경애의 태도를 베풀어보죠.

힘이 많이 드는 어려운 일도 아닙니다. 눈동자에 비친 존재의 눈치를 보는데 들어가던 그 힘이면 충분합니다. 사랑받아 마땅한 존재를 사랑하는데 드는 힘은 눈치 보는 것보다는 훨씬 적으니까요. 눈치 보는 게 쉬운가요, 사랑을 베푸는 게 쉬운가요? 눈치 보는 게 사랑스러운가요, 사랑을 베푸는 게 사랑스러운가요? 눈치 볼 때 행복할까요, 사랑할 때 행복할까요?

사랑 베풀기를 선택하고 실천할 때 우리는 안목이 열리기 시작합니다. 그전에는 모든 존재가 사랑받아 마땅한 존귀한 존재라는 것이 가설이었다면, 실천이 이어짐에 따라 정말 사랑받아 마땅한 존재로 인식되기 시작하는 것이죠. 또한 이 사랑을 주고받음을 실천하는 우리의 모습은 안목이 열리지 않은 주변의 사랑 아귀들에게조차 사랑받아 마땅한 존귀한 존재로 보입니다.

한국에서 설법을 잘 하기로 유명하신 종범 스님은 불교 TV에서 법회를 하실 때마다 의미심장한 제목을 붙이십니다. 한 번은 '고향에서 고향 찾는 나그네'라는 충격적인 제목을 붙이셨죠.

우리는 모두 이미 고향에 도착해 있습니다. 우리는 에덴동산을 떠난 적이 없습니다. 선악과善惡果라는 무명無明의 과일을 먹고서 참나에 대한 모든 정보를 잊어버렸을 뿐입니다. 기억상실증에 걸려 주변에서 아무리 이곳이 너의 고향이라고 말해줘도 절대로 믿지 않고 있습니다. 고향에 머물면서 고향을 미친 듯이 그리워하고 있는 것이죠. 그것이 우리들의 현실이라는 꿈입니다.

고향에 돌아갈 방법은 무엇일까요? 기억을 되찾으면 되겠죠. 기억을 되찾을 방법은? 선악과를 뱉어버리세요. 선악과가 뭔가요? 선과 악이라는 이분법이에요. 그걸 어떻게 뱉나요? 조건이 아닌 무조건적인 사랑을 연습하면 됩니다.

무조건 무조건 사랑을 베풀다 보면 이분법을 뛰어넘는 새로운 감각이 생겨나기 시작합니다. 그렇게 사랑이 모든 이분법의 선악과를 녹여내고, 이분법의 주체인 자아까지 녹여낼 때 우리는 사람을 초월한 온전한 사랑 그 자체가 될 수 있습니다.

우리는 이미 온전한 사랑 그 자체에 도착해 있습니다. 다만 눈가리개를 녹여내지 못해 기억을 잃었을 뿐입니다. 꿈에 그리는 고향에 이미 도착한 것을 몰라 끊임없이 고향을 찾아 헤매는 나그네의 삶은 이제 좀 그만해도 되지 않을까요?

당신은 이미 온전합니다. 사랑받아 마땅합니다. 그 자리에서 그냥 사랑을 주고받으세요. 더는 조건부 사랑에 쫓겨 여기저기 돌아다니지 마시고요.

기도旣到, 이미 도착했다.

아시겠죠?

보현보살普賢菩薩 십대원十大願

하나, **예경제불원**禮敬諸佛願

모든 부처님께 예배하고 공경하겠습니다.

둘, **칭찬여래원**稱讚如來願

모든 부처님을 우러러 찬탄하겠습니다.

셋, **광수공양원**廣修供養願

모든 부처님께 널리 공양하겠습니다.

넷, **참제업장원**懺除業障願

스스로의 업장을 참회하겠습니다.

다섯, **수희공덕원**隨喜功德願

남의 공덕을 따라 기뻐하겠습니다.

여섯, **청전법륜원**請轉法輪願

설법하여 주시기를 청하겠습니다.

일곱, **제불주세원**諸佛住世願

부처님이 세상에 오래 머무르시기를 청하겠습니다.

여덟, **상수불학원**常隨佛學願

항상 부처님을 따라 배우겠습니다.

아홉, **항순중생원**恒順衆生願

항상 중생의 뜻에 수순하겠습니다.

열, **보개회향원**普皆廻向願

모든 공덕을 전부 회향하겠습니다.

주의력 훈련 Tip

주의력을 훈련하는 전통적이고 대표적인 방법은 명상입니다. 물론 일상의 삶을 살아가는 것도 주의력이 훈련됩니다. 명상이 기본기를 연습하는 과정이라면 일상은 기본기를 바탕으로 실전 경기를 하는 것이니까요. 하지만 기본기를 연습하지 않고 실전 경기만 계속하면 실력이 잘 늘지 않고, 한계가 뚜렷합니다. 그렇기에 명상을 통한 기본기 훈련은 깨어있음의 힘을 키우는 데 매우 중요합니다.

처음 명상을 시작하는 분들을 위해 쉽게 따라 할 수 있도록 명상 가이드 녹음을 다음 카페(행복문화연구소 http://cafe.daum.net/everyday1bean)를 통해 제공하고 있으니, 15분 동안 녹음된 원빈 스님의 목소리를 따라 명상을 진행해도 좋습니다. 다양한 명상 가이드 파일로 흥미롭게 주의력 훈련을 지속하시길 권합니다.